suhrkamp ta

»Sie war doch nicht Carmen. Sie spielte sie nur. Aber jetzt, jetzt war sie's wohl doch.« Die Opernsängerin Anna Sutter, deren berühmteste Rolle die »Carmen« ist, wird von einem verschmähten Liebhaber getötet, der richtet sich gleich darauf selbst, während der wirkliche Liebhaber Zeuge der Tat wird.

Wüste Erfindung? Nein, Alain Claude Sulzers Novelle beruht auf einer wahren Begebenheit. Er hat dieses Drama recherchiert und um einige Vermutungen erweitert. Entstanden ist eine »novellistische Faction-Prosa von großem erzählerischem Raffinement« (*Frankfurter Allgemeine Zeitung*), »ein Stück Verführung eines glänzenden Erzählers« (*Saarbrücker Zeitung*).

Alain Claude Sulzer, geboren 1953, lebt als Schriftsteller in Basel und im Elsaß. 2006 erschien sein vielgelobter Roman *Ein perfekter Kellner* (st 3741).

Alain Claude Sulzer
Annas Maske
Novelle

Suhrkamp

Titelabbildung: Totenmaske von Anna Sutter.
Foto: Mathias Michaelis/Deutsches Literaturarchiv, Marbach

2. Auflage 2016

Erste Auflage 2006
suhrkamp taschenbuch 3785
Copyright © by Edition Epoca AG Zürich 2001
Lizenzausgabe mit freundlicher Genehmigung
der Edition Epoca AG Zürich
Suhrkamp Taschenbuch Verlag
Druck: Druckhaus Nomos, Sinzheim
Printed in Germany
Umschlag: Göllner, Michels, Zegarzewski
ISBN 978-3-518-45785-6

Annas Maske

Für Hilde und Hanna

I

Meine liebste Mama, ich bin erschüttert, ich muß Dir schreiben. Die Tränen netzen das Papier und das, was die Tinte Dir von der schrecklichen Tat, die sich hier zugetragen hat, berichten muß. Mir ist so weh ums Herz! Denn etwas ist bei uns geschehen, wofür ich mir zu einem nicht geringen Teil die Schuld zuschreibe, denn hätte ich anders gehandelt, so wäre es vielleicht nicht geschehen. Hätte ich die Tür doch niemals geöffnet, das Verbrechen wäre durch diese Tür nicht eingetreten.

Ein Wagen hielt vor dem Haus Schubartstraße Nr. 8, wo sich eine beträchtliche Anzahl von Neugierigen versammelt hatte. Man gedachte hier jener Frau, deren gewaltsames Ende seit dem Vorabend in aller Munde war. Der Tod der Sängerin besaß offenbar nicht weniger Anziehungskraft als ihre Auftritte in der Hofoper. Unter den Fenstern, hinter denen sich die Tragödie abgespielt hatte, verharrten nun alle in unruhiger, stummer Anteilnahme. Die Gegenwart eines Schutzmanns, den man damit beauftragt hatte, Ruhe und Ordnung zu gewährleisten, war zwar überflüssig, doch störte sie nicht.

Dem Wagen entstieg zuerst der Bildhauer Walther Weitbrecht, den man spät, aber noch nicht zu spät, mit der Abnahme der Totenmaske beauftragt hatte. Die Zeit, so hatte Weitbrecht kurz davor zu seinem jungen

Assistenten gesagt, der dies nicht zum ersten Mal zu hören bekam, arbeite stets gegen sie, und um so unerbittlicher, je schlechter die klimatischen Bedingungen seien. Und diese waren jetzt im Juni besonders ungünstig. Die Hinterbliebenen seien aber leider fast alle der Meinung, ihre Arbeit lasse sich besser verrichten, wenn die Leiche bereits steif sei. Eine irrige Annahme, die die vordringlichste Pflicht des Abnehmers, dem unaufhaltsamen Verfall zuvorzukommen, empfindlich erschwere. Inzwischen waren mehr als 24 Stunden vergangen.

Unser Objekt läuft uns leichter davon, wenn es tot ist, als wenn es noch lebt; und je später wir kommen, desto geschwinder ist es. Hat der Prozeß der Verwesung einmal eingesetzt, dann adieu du schöne Leiche. Man rief ihn fast immer zu spät. Entsprechend entstellt waren die Abbilder, die man erhielt. Mit wenigen Ausnahmen. Er freue sich auf Anna Sutter, hatte Weitbrecht im Wagen gesagt, wenn er ihre Bekanntschaft auch lieber unter für die Dame vorteilhafteren Umständen gemacht hätte. Aber das Leben läßt uns keine Wahl.

Als sich der Kutscher erbot, ihnen beim Transport der mitgeführten Kiste behilflich zu sein, die sie mit vereinten Kräften aus dem Wagen gehoben hatten und nun in den ersten Stock transportieren wollten, lehnte Weitbrecht ungnädig ab.

Die beiden Männer, deren Auftrag offenbar bekannt war und die demgemäß mit gewichtigen Mienen auftraten, verschwanden im Haus. Sie begaben sich in den ersten Stock, wo sie von Pauline, Annas Zofe, erwartet wurden, die zu diesem Zeitpunkt allein bei der Toten weilte. Ihre Augen waren vom vielen Weinen gerötet. Anna Sutters Schwester, die in Brunnen (im Kanton Schwyz) lebte und an die man gleich nach dem Unglück depeschiert hatte, war bereits am nächsten Tag in Stuttgart eingetroffen, doch da ihre Anwesenheit bei der Abnahme der Totenmaske laut Weitbrecht nicht erforderlich war, hatte sie sich für einige Stunden ins Hotel zurückgezogen. Sie betrat die Wohnung erst wieder, als Weitbrecht und sein junger Assistent ihre Arbeit längst beendet hatten. Einige leichte Fissuren und Verfärbungen auf der Haut der Toten, die an das Handwerk des Bildhauers hätten erinnern können, waren von einem Maskenbildner der Königlichen Hofoper mit viel Geschick überschminkt worden.

Die zehnjährige Tochter der Verstorbenen, die sich – wie auch die Zofe – zum Zeitpunkt des Dramas in der Wohnung aufgehalten hatte, war bei dem Kammersänger Peter Müller untergebracht worden.

Den im Geburtsregister der Stadt Wil eingetragenen, am 11. November 1902 illegitim in München geborenen Knaben mit Namen Felix Gustav erwähnt die »Schwäbische Kronik«, die ansonsten ausführlich über das dramatische Geschehen informierte, nicht; vielleicht aus Rücksicht gegenüber der Toten, vielleicht aber auch, weil sie einfach keine Kenntnis von seiner Existenz besaß. Er lebte seit seiner Geburt von der Mutter getrennt als Pflegekind bei einer befreundeten Familie in München.

Die Aufgabe der »Kopfabschneider«, wie man die Vertreter dieses Berufsstands in Wien einst nannte, bestand darin, ein Abbild des Toten zu geben, das den Betrachter an den Lebenden erinnerte, mit dem der Tote in

Wirklichkeit eine meist nur noch sehr entfernte Ähnlichkeit besaß. Angestrebt wurde ein letztes Porträt, ein Bild endgültiger Sammlung. Getanes und Gedachtes, Erlebtes und Gefühltes zu einem Ideal verschmolzen, zu einem Vorbild erstarrt. Das Gipsgesicht würde vereinen, was und worüber je in jenem Kopf gedacht worden war. Das Gesicht war natürlich farblos. Kolorierungen, wie man sie aus anderen Kulturen kennt, sind unzulässig. Ein abgenommenes Gesicht muß für die Ewigkeit in Stein gehauen sein. Nicht widerspiegeln sollte sich, wenn irgend möglich, der durchlittene Todeskampf. Eine Brille ist auf einem Totenantlitz nicht gestattet. Im Tod sind alle gleich und also alle blind. Unheimlich an einer Totenmaske ist, daß sie außerhalb jeder gewohnten Vergänglichkeit verharrt. Ihr bleibt die Grimasse des Tages erspart, schreibt ein Kenner.

Weitbrecht und Kroll, sein junger Assistent, betraten das Sterbezimmer. Irgend jemand, Arzt oder Zofe, hatte die Augenlider der Toten zugedrückt und ihr Kinn hochgebunden. Ihr Kopf war unverletzt geblieben, denn sie war durch zwei Schüsse in die Brust getötet worden.

Anna Sutter lag, bis unters Kinn zugedeckt, auf dem Bett in ihrem Schlafzimmer, die Hände auf dem Bauch gefaltet, zwischen den Fingern eine kleine Rose von sonderbarer Färbung, ganz ohne Zweifel ein Exemplar der seltenen Variegata di Bologna, wie Weitbrecht, ein Rosenkenner, erstaunt feststellte. Auch er hatte die Sängerin in der Rolle der Carmen gesehen, die sie seit zehn Jahren immer wieder und mit nicht nachlassendem Erfolg verkörpert hatte. Auch er erinnerte sich an die schnelle, zuckende Handbewegung, mit der sie Don José, dem glücklosen Liebhaber, jene Blume zugeworfen hatte, die für den weiteren Verlauf seines Lebens eine geradezu sinnbildliche Bedeutung haben sollte; kaum weniger schnell als die rote Rose war auch die Liebe der Zigeunerin verkümmert und verblüht. Mochte sich die Rose, um die sich ihre erstorbenen Glieder jetzt für immer geschlossen hatten, durch ihre Seltenheit und ihren Duft noch so sehr von jener unterscheiden, die sie auf der Bühne in ihren Händen gehalten hatte, so wirkte diese doch kaum weniger frivol als jene, die, wie Weitbrecht vermutete, wohl aus Seide gewesen war.

Die Leichenstarre war längst eingetreten und würde sich frühestens gegen Nachmittag wieder lösen. Wäre die Leiche noch weich, so Weitbrecht, könnte er leichter an ihr arbeiten. Die Leute, die glauben, von einem weichen Gesicht lasse sich nur schwerlich ein Abdruck nehmen, haben keine Ahnung. Das Gegenteil trifft zu. Vor der völligen Erstarrung sind Leichen gefügige Wesen, sagte er. Erst dann, wenn der *Rigor mortis* eingetreten ist, meist spätestens sechs Stunden nach dem Tod, beginnen sie in ihr unbewegtes Inneres zu starren.

Auf den ersten Blick deutete nichts auf die dramatischen Ereignisse des vergangenen Tages hin. Wäre die Tote nicht gewesen, hätte man glauben können, hier werde gerade ein Umzug vorbereitet. Die Teppiche, Sessel und Stühle hatte man entfernt, was dem Zimmer ein kahles, der Situation auf theatralische Weise aber angemessenes Aussehen verlieh. Es war, als sei auch aus den Wänden, an denen lediglich ein großer Schrank und eine Kommode standen, alles Leben gewichen.

Der Blick des jungen Assistenten fiel zufällig auf eine Verdichtung dunkler Punkte oberhalb der hellgrauen Paneele: Es handelte sich dabei zweifellos um Blut, das gegen die Wand gespritzt und getrocknet war und sich entweder nicht vollständig hatte entfernen lassen oder von der Zofe übersehen worden war. Blut von wem? Von ihr, von ihm oder von beiden?

Nachdem Weitbrecht die Decke über der Toten zurückgeschlagen hatte, machten sich die beiden Männer an die Arbeit. Im Gegensatz zur Wirkung, die Anna Sutter von der Bühne herab gewiß nicht nur auf ihn gehabt hatte, schien ihm ihr Körper jetzt, in ihren eigenen Räumen, auf diesem Bett, in ihrem Sterbezimmer gänzlich zurückgenommen, fast schmächtig. Als Weitbrecht das Wort an seinen jungen Assistenten richtete, wandte dieser seinen Blick endlich von der Wand.

Er schien von dem Anblick der berühmten Sängerin beeindruckt zu sein. Hatte er sie jemals auf der Bühne gesehen? Weitbrecht hat ihn weder jetzt noch später danach gefragt.

Weitbrecht bat die Zofe, die unter der Tür stand und auf Orders wartete, einen Eimer Wasser und ein Tuch zu bringen.

Stuttgart, den 4ten Juli 1910

Hätte ich die Tür niemals geöffnet, so wäre das Verbrechen durch diese Tür nicht eingetreten, und mein liebes Sutterle lebte noch. Ich wollte Dir schon alle die

Tage schreiben, denn ich fürchte, Du hast schon auf anderem Wege von dem furchtbaren Unglück vernommen, das sich hier unter meinen Augen ereignet hat und von dem die ganze Stadt seit Tagen spricht. Wenn nicht, dann um so besser.

Wenn ich Dir bisher nicht schrieb, so deshalb, weil ich kaum wußte, wo mir der Kopf stand, und weil ich, wie mir der Doktor sagte, ganz unter dem Eindruck des Geschehens stand und stehe. Ich war erschüttert und bin es immer noch und voll wirrer Gedanken. Das machte es mir kaum möglich, einen klaren Gedanken zu fassen. Jetzt, wo mein Sutterle – ich hoffe in seligem Frieden – ruht, scheint mir dies allmählich wieder möglich. Doch bis es soweit war, mußte noch einiges geschehen, und vieles mußte von meiner Seite erledigt und dem Polizisten erzählt werden, einem sehr netten Mann. Es wurden so viele Fragen gestellt, und ich konnte sie doch nicht alle beantworten. Ich tat es so gut ich konnte, ohne schlecht über die Tote zu sprechen. Ich wäre jetzt so gern in Deiner Nähe, doch ist das leider nicht möglich, denn ich muß mich nun wohl oder übel nach einer neuen Stelle umsehen. Ob es sich findet, daß ich eine zweite solche Herrschaft finde, wie Anna Sutter eine war, das ist sehr fraglich. Ich vermisse sie so, doch nun zur Sache.

Man hatte die Tote, die ein einfaches, gestärktes Nachthemd aus Leinen trug, bislang weder frisiert noch geschminkt. Ihrem Äußeren war nach ihrem Tod keine weitere Gewalt mehr angetan worden, wenn man einmal davon absah, daß man ihre Hände gefaltet hatte.

Auf die Frage, ob Angehörige anwesend seien, schüttelte die Zofe den Kopf. Die Schwester sei unterwegs in Geschäften oder in ihrem Hotel. Sie wurde angewiesen, überraschenden Besuchern, ob Verwandten oder Vertrauten, den Zutritt zum Sterbezimmer zu verweigern, solange sie mit der Gesichtsabnahme beschäftigt seien. Die Zofe, die keine Ahnung hatte, welchen furchterregenden Anblick eine Leiche bietet, von der gerade eine Maske abgenommen wird, nickte, und Weitbrecht hegte keinen Zweifel, daß auf das Mädchen Verlaß war.

Weitbrecht bat seinen jungen Assistenten, die Binde zu entfernen, die das Herunterklappen des Kinns verhindern sollte. Er tat es. Es hielt.

Weitbrecht bat seinen Assistenten des weiteren, ein Fenster zu öffnen, aber keinesfalls hinaus- oder gar hinunterzuschauen. Die neugierige Menge sollte keinerlei Hinweise erhalten, in welchem Zimmer sie arbeiteten, denn von solchen Hinweisen würden die Leute unweigerlich auf den Tatort schließen. Die Pietät gebiete Verschwiegenheit.

Auf den Einwand des jungen Assistenten, es sei doch stark anzunehmen, daß die Leute da unten ohnehin längst wüßten, in welchem Zimmer sich das Drama abgespielt habe, erfolgte ein scharfes Zischen. Obwohl es mit Gewißheit nicht von der Leiche rührte, zuckte der Assistent merklich zusammen und verstummte. Er näherte sich dem Fenster mit größter Vorsicht und zeigte sich der aufmerksam wartenden Menge nicht.

Die Zofe brachte zwei große Krüge voll Wasser, stellte sie neben den Ofen und erklärte mit gesenkter Stimme, sie habe keinen Eimer gefunden, sie wisse nicht, wo die Eimer hingekommen seien. Weitbrecht schien in Gedanken versunken. Der junge Assistent bedankte sich. Sie wiederholte, sie wisse wirklich nicht, wo die Eimer hingekommen seien. Ein Zischen. Sie erschrak heftig. Sie schien äußerst verwirrt, als fasse sie noch immer nicht, was hier geschehen war. Und sie wiederholte: Die Eimer sind wie vom Erdboden verschluckt.

Weitbrecht, der ihr Kommen offenbar doch bemerkt hatte, erlaubte ihr, sich zu entfernen, bat sie aber darum, in Rufweite zu bleiben; wahrscheinlich werde man sie noch brauchen.

Nachdem die Zofe das Zimmer verlassen hatte, um hinter der Tür auf weitere Anweisungen zu warten, rückten Weitbrecht und sein junger Assistent das schwere Bett von der Wand in die Mitte des Zimmers, so daß sie die Leiche bequem umrunden konnten. Auf ein Zeichen des stark schwitzenden Weitbrecht hob sein junger Assistent, wie man es ihm beigebracht hatte, den Kopf der Toten hoch, entfernte das Kissen und legte das Tuch darunter, das die Zofe über einen der Krüge gelegt hatte. Ihr Kopf wog schwer. Vorsichtig legte ihn der junge Mann auf das Kissen zurück. Auf ein weiteres Zeichen Weitbrechts strich er mit einem breiten Kamm das volle schwarze, vermutlich gefärbte Haar der Toten glatt nach hinten.

Auf Anordnung Weitbrechts hob der Assistent den Kopf der Toten erneut hoch: Weitbrecht band nun ihr Haar mit einem eigens dafür zugeschnittenen Stück Stoff – das der junge Assistent dem mitgeführten Koffer entnommen hatte –, hinter ihrem Kopf zu einem Knoten zusammen. Weitbrecht achtete darauf, daß das Haupt in der Gleichgewichtsachse lag, so daß Quetschungen und Verschiebungen der schlaffen Muskeln und Haut vermieden wurden. Die Augenlider und Lippen drückte er mit der rechten Hand leicht zu, das Kinn hielt er mit der linken Hand fest.

Die unbehaarte Haut, zumal die einer Frau, enthält soviel Fett, daß sie weder mit Öl noch mit Modellierton überpinselt werden muß; die Gefahr, daß der Gips auf der Haut haften bleibt, ist also äußerst gering. Was nicht zur Maske gehört, der untere Teil des Halses etwa, die Stellen hinter den Ohren etc., wird mit hauchdünnem Papier umlegt.

Dann wird eine große Schale Gips angemacht und die Flüssigkeit ganz dünn, nur wenige Millimeter dick, über das Gesicht gelöffelt.

Dann wird ein Faden von der Stirnmitte über den Nasenrücken zum Mund und bis zum Kinn gelegt.

Dann wird weiterer, stärkerer Gips von breiiger Konsistenz angemacht und auf die erste Schicht aufgetragen (wie eine Kappe).

Bevor diese bindet, wird der Faden gezogen, wodurch sich das Ganze in zwei Hälften teilt. Nach Erhärtung der Kappe wird die zweigeteilte Form gesprengt und vorsichtig vom Kopf gelöst. Das ist der schwierigste Teil der Arbeit.

Die abgenommenen Hälften werden sofort wieder zusammengepaßt und verklammert, das Negativ gereinigt und wieder mit Gips ausgegossen. Und schon haben wir das Positiv, die fertige Maske. Man rühre nicht mehr daran, denn so ist sie gut.

Sie war eine fremdartige und wilde Schönheit, eine Erscheinung, über die man zunächst staunte und die man nicht vergessen konnte. Vor allem in ihren Augen lag ein zugleich wollüstiger und unbezähmbarer Ausdruck, der mir bei keinem anderen Menschen je begegnet ist. Zigeunerauge, Wolfsauge nennt der Spanier einen Menschen, der eine außergewöhnliche Beobachtungsgabe besitzt. Sollten Sie keine Zeit haben, in den zoologischen Garten zu gehen, um in die Augen eines Wolfs zu sehen, so beobachten Sie Ihre Katze, wenn diese einem Spatz auflauert.

II

Der Polizeiinspektor war etwa eine Stunde nach der Tat, die sich gegen elf Uhr fünfzehn abgespielt hatte, in der Schubartstraße eingetroffen. Er hatte die Zofe zunächst durch sein scheinbar gleichgültiges Auftreten eingeschüchtert, was nicht seiner Absicht entsprach. Der Mann war groß und breit und hatte lange Arme. Unstet schweifte sein Blick in alle Richtungen, obwohl es dort, wohin er blickte, nichts zu sehen gab, was in irgendeinem Zusammenhang mit Anna Sutters Tod stand.

Sie saßen in der Küche, nicht im Schlafzimmer, wo sich zu diesem Zeitpunkt mehrere Leute, ein Polizeiarzt, ein Fotograf und weitere Beamte drängten. Man hatte der Zofe zu verstehen gegeben, daß sie das Schlafzimmer nicht mehr betreten dürfe, bis alles geregelt sei. Thildchen hatte man bereits weggebracht.

Der Inspektor stellte sich vor und versuchte sie nun zu beruhigen, was angesichts seiner nervösen Art nicht einfach war. Pauline weinte. Heid, so hieß der Inspektor, ermutigte sie, sich auszusprechen, und wenn sie weinen müsse, so sei dagegen nichts einzuwenden. Diese freundlich vorgetragene, verständnisvolle Aufforderung, die von einem gewissen Mitgefühl zeugte, ließ ihn in einem anderen Licht erscheinen; jetzt fand sie ihn zuvorkommend und fürsorglich.

Sie sagte, was sie in den nächsten Tagen des öfteren wiederholen sollte: Hätte ich Herrn Dr. Obrist die Tür nicht aufgemacht, wäre das Verbrechen nicht geschehen. Es hätte nicht geschehen können!

Heid schlug vor, den anwesenden Arzt hereinzubitten; wenn sie es wünsche, werde er ihr etwas Beruhigendes verabreichen. Die Zofe lehnte ab. Sie hielt sich jetzt für stark genug, dem Polizisten Rede und Antwort zu stehen, mithin der Tragödie ins Auge zu blicken.

Heid fragte: Sehen Sie sich wirklich imstande, mir ein paar Fragen zu beantworten? Pauline nickte. Sie sagte: Ich will es versuchen. Heid sagte: Eines Tages werden Sie über das, was hier geschehen ist, ganz ruhig sprechen können.

Sie hätte ihn beinahe unterbrochen. Pauline sagte: Sie wollten mich doch etwas fragen.

Heid sagte: Alles schön der Reihe nach.

Ihre kleine, gerötete Faust schloß sich über ihrem feuchten Taschentuch. Der Küchentisch, an dem sie saßen, war blank gescheuert und leer. Wann war es geschehen? Ihr Kopf war leer. Wie war es geschehen? Sie hatte die Tür geöffnet.

Heid zog ein Büchlein hervor, das in schwarzes Wachstuch gebunden war, und dann einen langen, kämpferisch gespitzten Bleistift. Während Pauline ihren Gedanken überlassen war, schrieb er Datum und Uhrzeit und machte eine Ortsangabe: *Mittwoch, 29. Juni 1910, 12.45 Uhr / Stuttgart, Schubartstraße Nr. 8. Frl. Sutter liegt im Bett, den rechten Arm weit ausgestreckt, den linken, der durch die Kugeln verletzt wurde, angewinkelt. Am Fußende des Bettes, hingestreckt auf dem Fußboden, die Leiche des Täters, Weste und Hemd auf-*

gerissen, die Krawatte neben ihm und Arme und Beine zusammengekrampft. Die Kugeln liegen dicht beieinander in der Brust. Vermutlich Liebesdrama.

Während Heid schrieb, fühlte sich die Zofe für einen kurzen Augenblick auf unangemessene Weise wohl. Nur diesen kurzen Augenblick, nie mehr danach und nie zuvor, war ihr, als betrachte sie aus nicht allzu großer Entfernung eines jener glänzend gefirnißten Bilder, die sie eines Sonntags im Museum der bildenden Künste gesehen hatte, und das besondere war, daß sie im Mittelpunkt dieses Gemäldes stand und daß die Sonne darauf schien, auf sie und auf das Innere der Küche.

Heid wollte wissen, wie lange sie für Fräulein Sutter gearbeitet habe. Vor fast genau drei Jahren sei sie in Anna Sutters Dienste getreten. Sie war damals, mit siebzehn Jahren, frisch vom Land gekommen. Sie hatte das Dorf gerne verlassen, in der Stadt zu leben war von klein auf ihr Wunsch gewesen.

Ob ihr der Name Anna Sutter geläufig gewesen sei, als sie damals, vor drei Jahren also – er notierte: *März 1907* – in der Schubartstraße vorstellig geworden war. Die Zofe verneinte.

Sie habe also nicht gewußt, worauf sie sich einlasse?

Mich einlasse? Wie meinen Sie denn das? Ich habe mich auf nichts eingelassen. Ich bin, ich war ihr Stubenmädchen.

Er wollte weiter wissen, ob ihr bekannt gewesen sei, daß sie sich bei einer Künstlerin, bei einer berühmten Sängerin um eine Stelle beworben habe.

Zunächst nicht, aber bald. Bereits im Treppenhaus habe sie Anna Sutter singen hören. Wie schön das doch geklungen habe. Als sie vor der Tür stand. Pauline wiederholte: Die Tür. Wieder die Tür. Hinter der Tür. Ich stand vor der Tür.

Sie öffnete ihre Faust und preßte ihr Taschentuch an den Mund.

Pauline sagte: Sie sang so schön, so rein, wie ich es nie zuvor gehört hatte. Da habe ich es geahnt, schon im Treppenhaus. Heid fragte: Was haben Sie geahnt? Pauline stutzte und verstummte sogleich.

Was haben Sie sich dabei gedacht, als Sie von Anna Sutters Kind erfahren haben? Sie wußten doch, daß sie nicht verheiratet war. Das Kind hatte keinen Vater. Und was haben Sie sich dabei gedacht, als Sie hörten, daß noch ein weiteres Kind existierte?

Nichts habe sie sich gedacht. Sie komme vom Land. Es sei nicht ihre Aufgabe, sich über fremder Leute Angelegenheiten den Kopf zu zerbrechen. Der Junge sei in München gut untergebracht, und Thildchen sei durch eine Mademoiselle erzogen worden, die ihr sogar ein wenig Französisch beigebracht habe. Im übrigen habe sich ihr Vater, der Herr Freiherr von Entress-Fürsteneck, stets zu seinem Kind bekannt, was doch sehr für die Mutter spreche.

Heid fragte: Wo ist die Mademoiselle? Pauline sagte: Oh, sie hat uns schon vor einer Weile verlassen. Ich kümmere mich um das Kind, wenn seine Mutter im Theater ist, wenn seine Mutter im Theater war.

Er fragte: Irgendwelche Gerüchte? Sie sagte: Wie meinen Sie das? Er fragte: Hörten Sie damals irgendwelche

Gerüchte darüber, welches Leben Anna Sutter führte? Pauline wich aus: Und wenn ich welche gehört hätte, ich hätte ihnen keinen Glauben geschenkt. Ich hätte meine Ohren verschlossen, wie ich meinen Mund verschloß. Und wie Sie ihn offenbar weiter zu schließen gewillt sind. Nun, das ist Ihr gutes Recht, sagte Heid. Pauline sah auf.

Es gab keine Gerüchte, ihr kamen jedenfalls keine zu Ohren. Sie sah und hörte nicht mehr als das, was zu hören und zu sehen ihre Aufgabe war, wollte sie ihre Pflichten gewissenhaft erfüllen. Das Sutterle, so nannte man sie in Stuttgart, so nannte sie auch Pauline, wann immer sie an sie dachte, habe ihr gleich bei ihrem Anstellungsgespräch mitgeteilt, daß sie morgens länger als andere zu schlafen pflege und daß sich überhaupt ihr ganzes Leben von dem anderer Frauen unterscheide. Sie sei eine Künstlerin, keine Kleinbürgerin. Dieses Wort hörte ich zum erstenmal, sie benutzte es oft. Und dabei traten Pauline Tränen in die Augen, denn jetzt war ihr, als habe das Sutterle soeben das Wort an sie gerichtet. Zweimal drang das gerollte »R« so deutlich an ihr Ohr, als stehe Anna neben ihr.

Es gehöre nicht zu ihren Aufgaben, sich den Kopf über ihre Herrschaft zu zerbrechen, das tue, denke sie, die Herrschaft in ausreichendem Maße schon selber. Sie habe niemals Grund zur Klage gehabt, im Gegenteil.

Niemals, wollte Heid wissen.

Niemals, wiederholte die Zofe. Niemals. Sie war stets gut gelaunt und niemals herablassend oder gar böse, wie man das von anderen Herrschaften immer wieder hört. Und wenn ich zu klagen gehabt hätte, so würde ich heute nicht mehr darüber sprechen, denn Toten sagt man nichts nach. Das ist eine goldene Regel. Aber ich sage Ihnen, Herr Inspektor, ich hatte niemals Grund zur Klage.

Und die Männer, wollte Heid wissen. Ihr Lebenswandel war nicht über jeden Zweifel erhaben.

Die Augen der Zofe leuchteten merkwürdig auf. Was reden Sie da? Sie war Kammersängerin!

Sie trug einen sehr kurzen, roten Unterrock, unter dem man weiße Seidenstrümpfe erkennen konnte, die ziemlich viele Löcher aufwiesen, sowie hübsche Schuhe aus rotem Leder, die mit feuerfarbenen Bändern festgebunden waren. Sie schlug ihre Mantille auf und enthüllte so ihre Schultern und einen großen Bund Kassien, der in ihrer Bluse steckte. Auch in einem ihrer Mundwinkel steckte eine Kassie, und sie näherte sich hüftschwingend, wie eine Stute aus dem Gestüt von Córdoba.

III

Laut dem 235. Eintrag im Wiler Geburtsregister wurde Anna Sutter am 26. November 1871 um halb neun Uhr morgens als Tochter der aus Lachen (Kanton Schwyz) stammenden Mathilde Sutter, geborene Oettiker, und des in Ingenbohl (Kanton Schwyz) beheimateten Musikdirektors Carl Sutter in der Gemeinde Wil (Kanton St. Gallen) geboren. Anna Sutter erblickte das Licht der Welt genau neun Monate nach der Eheschließung ihrer Eltern.

In einem mit Bleistift notierten Vermerk wurde später festgehalten, daß *Anna Sutter, Hofopernsängerin, am 11. November 1902* – das heißt im Alter von 31 Jahren – *zu München einen Knaben Felix Gustav* gebar. *Illegitim,* wie es heißt. Ein Hinweis auf ihre Tochter findet sich im Geburtsregister nicht.

In Anna Sutters Geburtsort erinnert nichts an das Mädchen, das hier zur Welt kam. Das Fehlen jeglichen Hinweises auf Anna Sutter hat wohl mehrere Gründe, über die man bestenfalls Vermutungen anstellen kann. Daß sie in Wil vergessen ist, liegt aber wohl weniger an dem Skandal um ihren gewaltsamen Tod, der gewiß auch bis ins katholische Wil gedrungen war, als vielmehr daran, daß Anna und ihre Eltern das Schweizer Städtchen für immer verlassen hatten, als Anna gerade zweieinhalb Jahren alt war, denn 1874 trat der Vater die Stelle eines Chorassistenten in Freiburg im Breisgau an. Anna Sutter hat mit ihrem frühen Weggang aus Wil sämtliche Spuren ihrer – zugegeben ephemeren – Anwesenheit für immer verwischt.

Als Anna fünf Jahre alt war, starb der Vater; er war erst 31 Jahre alt. Die Mutter sah sich gezwungen, mit den beiden Kindern – inzwischen war Annas jüngere Schwester Mathilde geboren – in die Schweiz zurückzukehren. Da Carl ihr nichts hinterlassen hatte, mußte sie das Leben und die Erziehung ihrer Töchter mit dem bestreiten, was sie von ihren Eltern geerbt hatte; viel kann es nicht gewesen sein. Anna erwies sich – ein Erbe ihres Vaters – als musikalische Begabung. Von ihrem achten Lebensjahr an erhielt sie Klavierunterricht. Sie hätte, laut Othmar Schoeck, mit dem sie später befreundet war und der sie spielen hörte, ebenso gut Pianistin werden können; doch sie wollte Sängerin werden. Nachdem man nach Bern umgezogen war, erhielt sie von ihrem fünfzehnten Lebensjahr an am dortigen Konservatorium Gesangsunterricht. Mitte 1889 – Anna war nun siebzehn – übersiedelte die Mutter mit der älteren Tochter nach München, wo Anna die Musikschule besuchte; ihre Schwester Mathilde wurde in Brunnen bei Agathe Schoeck, der Mutter des Komponisten, untergebracht, der sie bis zu ihrer Heirat 1919 bei der Leitung des im Besitz der Familie befindlichen Hotels Eden behilflich war. Währenddessen erhielt Anna Sutters Stimme den letzten Schliff bei der Koloratursängerin Franziska Förster-Biazzi. *Mit unsäglichen Opfern, Entbehrungen, Demüthigungen wurde Annas Studium vollendet. Nicht nur jedes Schmukstück, viel unentbehrliche Sachen wurden verkauft, um doch das Ziel zu erreichen,* schrieb Annas Mutter an deren künftigen Stuttgarter Intendanten. Sie erlebte den Beginn und die ersten Höhepunkte von Annas Karriere aus

25

nächster Nähe, da Mutter und Tochter mindestens bis 1895, möglicherweise noch länger, in wechselnden gemeinsamen Wohnungen lebten, bevor die Mutter in die Schweiz zurückkehrte, wo sie Anna um fünf Jahre überlebte. Am 3. September 1891 debütierte Anna Sutter im Münchner Volkstheater als Gast in der Posse »Die 3 Grazien«; später spielte sie unter anderem eine kleinere Rolle in der *Großen Posse mit Gesang und Evolution*, für die sie in der Presse lobend erwähnt wurde. Acht Monate blieb sie bei 150 Mark Gage in München; von diesem Geld mußte sie aber auch ihre Kostüme bestreiten, die sie – welch ein *misiri*, so die Mutter – bei ihrem nächsten Engagement nicht mehr verwenden konnte.

In München muß Anna sofort aufgefallen sein, denn bereits für die folgende Spielzeit 1892/93 wurde sie ans Stadttheater Augsburg engagiert, wo sie allerdings nicht lange unter festem Vertrag blieb.

Man förderte das junge Talent. Anna sang die Wirtin Sora in Millöckers »Gasparone« und fiel sogleich bei der Kritik auf. Auch als Marie im »Waffenschmied« verzeichnete sie einen hübschen Erfolg (besonders gut gelang ihr die Szene vor Konrads Türe; die Sängerin wurde durch lebhaften Beifall und mehrfachen Hervorruf belohnt). Als Hirt im »Tannhäuser« gab sich Anna etwas zu empfindsam, in der »Zauberflöte« allerdings war sie eine niedliche Papagena, in einer Aufführung des »Fra Diavolo« rettete sie geradezu die Ehre des Abends durch ihre in jeder Hinsicht wirklich reizende Zerline.

Immer wieder hoben die Kritiker ihre blühende Stimme und ihre anmutige Erscheinung hervor, die es ihr erlaubten, die unterschiedlichsten Rollen vor allem im Soubrettenfach zu verkörpern, auf das sie zunächst festgelegt blieb. Die hübsche, begabte Künstlerin hatte die Herzen der Augsburger bald erobert, allerdings blieb sie ihnen nicht allzulange treu; nur zwei Monate nach Antritt ihres Engagements wurde ein Theateragent auf sie aufmerksam und empfahl sie unverzüglich dem Stuttgarter Hoftheaterintendanten Baron zu Putlitz. Bereits am 7. Dezember 1892 debütierte sie in einem Gastspiel auf Engagement – mit allerdings nur mäßigem Erfolg – in Stuttgart. Erst im März des darauffolgenden Jahres – sie war inzwischen noch zwei, drei Male zur Probe in Stuttgart aufgetreten – wurde der Vertrag mit der Königlichen Hofoper durch den König persönlich bestätigt. Anna zog mit ihrer Mutter, die sich in Augsburg nicht heimisch gefühlt hatte, in die Alexanderstraße Nr. 17. Nun gehörten die glühende Hitze und das Angstgefühl, unter der die Mutter in Augsburg so sehr gelitten hatte, der Vergangenheit an.

Bis zu ihrem frühen Tod war Anna Sutter ein herausragendes Mitglied der Stuttgarter Bühne, hier feierte sie ihre größten Erfolge, hier wurde ihr im Februar 1906 der Titel einer »Königlichen Kammersängerin« verliehen. Neben ihren vielfältigen Verpflichtungen in Stuttgart gastierte sie im Lauf der Jahre (vor allem als Carmen) auch in Karlsruhe, ab 1896 des öfteren in Zürich, 1897 in Leipzig, 1903 in Frankfurt am Main, 1907 in München und an der Berliner Hofoper Unter den Linden. Kurzum, sie war eine begehrte und beim Publikum beliebte Sängerin geworden. Sie sei, so Ludwig Eisenberg in seinem 1903 erschienenen »Großen biographischen Lexikon der deutschen Bühne im 19. Jahrhundert«, eine Sängerin von seltener Vielseitigkeit.

Ein kurzer Blick auf ihr Repertoire bestätigt diese Einschätzung: Vom Ännchen im »Freischütz« und der Zerline im »Don Giovanni« zur Carmen, zur Sieglinde und schließlich gar zur Salome ist es – wem er denn offensteht – für gewöhnlich ein weiter, beschwerlicher Weg. Anna Sutter legte diesen Weg, der nicht selten schon auf halber Strecke mit dem vorzeitigen Verschleiß der Stimme endet, offenbar mit Leichtigkeit und ohne stimmliche Beschädigung zurück. Das kann nicht nur an dem glücklichen Umstand gelegen haben, daß *sie außerordentlich trefflich zu charakterisieren* verstand und es *darstellerisch mit jeder Schauspielerin* aufnahm, und gewiß noch viel weniger daran, daß ihre *leichte, zarte Gestalt* und ihre *feinen Gesichtszüge* so angenehm auffielen, nein, erst ihre als *frisch, hell und reizvoll* empfundene Stimme, *der man die gediegene Schulung und das gesangstechnische Können schon nach wenigen Takten* anhörte, ermöglichte ihr das schier Unerreichbare: als eine mit außergewöhnlichen schauspielerischen Fähigkeiten ausgestattete Sängerin streng voneinander getrennte Rollenfächer scheinbar mühelos zu wechseln beziehungsweise zu verbinden. Und zwar täglich.

Ihre Glanzrolle aber war und blieb die Carmen in Georges Bizets gleichnamiger Oper. Diese war in einer älteren Repertoireaufführung vor Anna Sutters Rollendebüt im September 1899 vor mäßig besetztem Haus gespielt worden. Doch von dem Tag an, da sie die Partie übernahm, um die sie bei Baron zu Putlitz vorstellig geworden war, änderte sich das mit einem Schlag. Anna Sutter hatte ihre Rolle und das Publikum seine ideale Carmen gefunden.

Carmen, das graziöse Ungeheuer, den wetterwendischen Sprühteufel, haben wir schon in vielen Variationen und Wandlungen gesehen und von den namhaftesten Darstellerinnen, bald als tragische Heldin, bald als glutvoll dämonisches Weib, als verzehrend sinnlichen Vampyr und als herzlose Kokette, die nur dem Fatalismus und ihrem unbändigen Temperament unterthan ist, kurz, in allen Nüancen und jeglichem Persönlichkeitsschiller. Trotz der scharfen Linien aber, mit welcher die Figur der Carmen dichterisch und musikalisch gezeichnet ist, gewahrt die individuelle Auffassung dieser Partie noch weiteren Spielraum. Das hat Frl. Sutter gezeigt, die uns zum erstenmal dieses mit soviel Teufelsextrakt durchsetzte Wesen wieder in einer anderen Spielart vor Augen führte und – sagen wir es gleich – mit überraschendem Erfolg. Der Hauptgrundzug des Wesens ihrer Carmen war das verliebte, leidenschaftliche Temperament, das nur seine Objekte wechselt, wie Feuer sie verzehrt, selbst aber weiter flammt, gepaart mit dem schillernden, pikanten Liebreiz, der Männerherzen bethört. Gesanglich ist Frl. Sutter ohne Zweifel eine der besten Carmen, die wir je gehört haben; sie beherrscht den viel weniger dankbaren als schwierigen Gesangsteil so gewandt, sicher und korrekt, verhilft den

reinen Linien der musikalischen Zeichnung so vollkom-
men zu ihrer Wirkung, daß es eine wahre Freude ist.

Der Dirigent ihres ersten Auftritts in dieser Rolle war
Aloys Obrist, der vermutlich für einen verhinderten
Kollegen einsprang; Bizet gehörte eigentlich nicht zum
Repertoire des eingefleischten Wagnerianers.

Sie wurde der Liebling des Stuttgarter Publikums,
das sie sein »Sutterle« nannte, dem man sogar die un-
verzeihlichste aller im Schwäbischen zu begehenden
Sünden verzieh, diejenige der Verschwendungssucht
nämlich, der sie sich offenbar ebenso lustvoll wie hemmungslos hingab.

Daß Anna Sutter so lange an Stuttgart gefesselt
blieb, obwohl sie anderswo mit Leichtigkeit ein Engagement gefunden hätte, hatte seinen Hauptgrund in
eben diesem Laster. Anna, die den Wert des Geldes vermutlich nicht besonders hoch schätzte, hatte zu Beginn
ihres Stuttgarter Aufenthalts so viele Schulden gemacht, daß sie, bei aller persönlichen Beliebtheit, bald
der Schrecken der ortsansässigen Geschäftsleute war,
die ihr einerseits nicht weiter kreditieren, andererseits
aber auch keine glatten Absagen erteilen wollten.

Die Hoftheaterintendanz, die Kenntnis von ihren fi-
nanziellen Nöten hatte, war klug genug, sich bereit zu
erklären, für ihre Schulden aufzukommen, wenn sie im
Gegenzug einwilligte, einen langfristigen Kontrakt zu
unterschreiben, der eine sich steigernde Gage beinhaltete. Anna Sutter stimmte zu und blieb Stuttgart erhalten, womit allen gedient war: den Geschäftsleuten, der
Intendanz, ihr selbst und ihrem Publikum.

Sie nahm die Kassie aus dem Mundwinkel und warf sie mir fingerschnippend genau zwischen die Augen. Monsieur, das hatte dieselbe Wirkung, als wäre ich von einer Kugel getroffen worden … Ich wußte nicht, wohin mit mir, ich blieb unbeweglich wie ein Brett stehen. Nachdem sie in der Fabrik verschwunden war, fiel mein Blick auf die Kassie, die zwischen meinen Füßen auf dem Boden lag. Ich weiß nicht, was mich dazu veranlaßte, aber ich hob sie auf, ohne daß meine Kameraden es bemerkten, und tat sie vorsichtig in meine Jacke. Das war die erste Torheit!

IV

Weitbrechts Assistent Fritz Kroll verbrachte eine nicht weniger unruhige Nacht als Weitbrecht selbst, der sich in seinem Bett herumwarf und wie gewöhnlich keinen Schlaf fand, was seine Gattin nicht wunderte, da ihr Mann schon seit Jahren unter nächtelang anhaltenden Anfällen von Schlaflosigkeit litt. Statt aufzustehen und sich zu bewegen, wie sie es ihm schon unzählige Male vorgeschlagen hatte, blieb er liegen und wälzte sich so lange hin und her, bis auch sie hellwach war.

Fritz Kroll hingegen, der früh zu Bett gegangen war, hatte keine Erfahrung mit schlaflosen Nächten. Wenn er nicht schlief, so tat er es freiwillig. In dieser Nacht jedoch war es anders.

Näher und näher rückte ihm das Gesicht, das ihn noch am Nachmittag nicht mehr und nicht weniger beeindruckt hatte als die Gesichter all der anderen Toten, mit denen er seit einigen Monaten jenen unbekümmerten Umgang pflegte, für den ihn einige seiner Kommilitonen neuerdings mieden. Obwohl ihm der Anblick von Toten inzwischen so vertraut war, daß er außerhalb seiner Arbeit mit Weitbrecht für gewöhnlich keine Gedanken an sie verschwendete, hinderte ihn die Erinnerung an Anna Sutters Gesicht nun sogar am Schlafen. Er, der sie nie auf der Bühne gesehen hatte, glaubte jetzt ihre Stimme zu hören; nicht sehr deutlich und dennoch unüberhörbar. Sie sang nicht, sie versuchte zu sprechen, was ihr nur unzureichend gelang. Einige dunkle Vokale waren es, die ihn aus weiter Ferne erreichten, mehr nicht. Es schien, als wollte sie ihm durch einige kraftlose Handbewegungen irgend etwas zu verstehen geben, während Weitbrecht Gips über ihr Gesicht strich, während er selbst ihren Kopf festhielt, während Weitbrecht, wie es seine Angewohnheit war, ebenso passend wie im höchsten Maße unpassend und gewiß gedankenlos vor sich hin summte, diesmal: Ja die Liebe hat bunte Flügel vor sich hin summte, während er selbst an nichts dachte, während die Tote ... Was wollte sie von ihm? Ihr Gesichtsausdruck war unter dem glattgestrichenen Gips nicht zu erkennen. Er hörte ihre Stimme, aber ihre Lippen bewegten sich nicht.

Er hatte bis zu diesem Tag keine Veranlassung gehabt, die Toten, an denen er sich tagsüber zu schaffen machte, zu fürchten. So fürchtete er auch Anna Sutter nicht. Er fürchtete sich nicht vor Gespenstern, er hatte nie welche gesehen. In dieser Nacht allerdings ging ihm der Gedanke nicht aus dem Kopf, die Tote, an der er nachmittags gearbeitet hatte und die ihn zu diesem Zeitpunkt völlig unberührt gelassen hatte, versuche ihm etwas mitzuteilen, was ihr in der Schubartstraße nicht gelungen war.

Er warf sich also in seinem Bett herum, das für zwei Personen viel zu schmal gewesen wäre, und dachte an eine Tote. Warum nur hatte er sich so ungewohnt früh zu Bett begeben? Kurz vor Mitternacht lag er immer noch wach. Wann hatte Annas Liebhaber beschlossen, sie zu töten? Fritz Kroll, der nie versucht gewesen war, sich zu verlieben, entschloß sich, aufzustehen und in die Nacht hinauszugehen. Es war nach Mitternacht. Die Nacht war mild.

Angesichts von Toten, ob sie jung oder alt, hübsch

oder häßlich waren, fiel es ihm schwer, sich jene Leidenschaften vorzustellen, die sie zu ihren Lebzeiten bei anderen ausgelöst hatten. Sich jene Leidenschaften zu vergegenwärtigen, denen sie selbst unterworfen gewesen waren – insbesondere dann, wenn man ihnen nie begegnet war und sie lediglich aus Erzählungen kannte –, fiel ihm nicht leichter. Nie zuvor hatte Kroll mehr als nur flüchtige Gedanken an das Leben jener Toten verschwendet, denen bestenfalls sein berufliches Interesse galt.

Er machte Licht in seiner Kammer, stand auf und zog sich langsam an, nachdem er einen Blick in den großen Spiegel geworfen hatte. Ihm war jetzt, als sei er nachmittags nicht mit einer sterblichen Hülle, sondern mit einem jener liegenden Akte beschäftigt gewesen, wie sie in der Akademie, die er besucht hatte, zuhauf modelliert wurden. Er fühlte jetzt, was er am Nachmittag nicht im entferntesten bemerkt hatte: Annas eiskalte Haut unter seinen empfänglichen Fingerspitzen. Sie hatte also versucht, mit ihm zu sprechen, während er, gedankenlos in seine Arbeit vertieft, Handgriff um Handgriff ausgeführt hatte, während Weitbrecht: Ja die Liebe hat bunte Flügel vor sich hin gesummt und mit der ihm eigenen Geduld darauf gewartet hatte, daß der Gips auf ihrem Gesicht fest genug war, um ihr die Maske abzunehmen.

Stuttgart, den 4ten Juli 1910

Ich glaube, ich hörte Dr. Obrist schon auf der Treppe, ich weiß es nicht mehr, und verließ eilends die Küche, in der ich mich gerade aufhielt, um die Wohnungstür abzuschließen, denn das Sutterle hatte mir schon vor Tagen aufgetragen, Herrn Dr. Obrist den Eintritt in die Wohnung zu verweigern, was auch immer er vorbrachte, um hineinzugelangen. Ich muß gewußt haben, daß er es war, sonst hätte ich die Tür ja nicht verriegelt. Also muß ich ihn von der Küche aus gehört haben, als er noch auf der Treppe war. Ins Haus zu gelangen war nicht schwer. Daß es ihm gelang, sich Zugang zur Wohnung zu verschaffen, ist aber allein meine Schuld. Ich habe die Tür zunächst zwar abgesperrt, kaum hörte ich ihn, dann aber habe ich ihn doch hereingelassen. Was für ein schlimmer Fehler!

Er schien mir an diesem Vormittag völlig verändert, auch als er sich noch zurückhielt. Ich sah ihn durch die Glastür im dunklen Hausflur stehen. Ich konnte sein Gesicht durch das Milchglas zwar kaum erkennen, aber als er zu sprechen anfing, wußte ich, daß er verzweifelt und entschlossen war, aber ich wußte nicht, wozu. Er stand kerzengerade da, und doch fand ich ihn erbarmungswürdig, ja, ich hatte Mitleid mit ihm. Doch er wollte etwas, woran ich im Traum nicht dachte.

Wir waren allein. Wir standen einander gegenüber. Das Sutterle war im Salon, vielleicht auch in ihrem Schlafzimmer. Sollte sie die Glocke doch gehört haben, so nahm sie vielleicht an, es handelte sich um einen unserer Lieferanten. Denn außer daß sie sich Herrn Dr. Obrists Besuche verbeten hatte und sicher nicht damit rechnete, daß er das Verbot mißachtete, denn er war ein so korrekter Mensch, war er auch damals, als sie ihm noch gut war, ganz selten am Tage, meist nachmittags zum Tee oder abends nach der Vorstellung bei uns erschienen. Ich habe es der Polizei erzählen müssen, daß er damals nicht selten auch über Nacht bei ihr blieb. Aber das war nun schon lange her, jetzt war es vorbei, sie hatte ihm den Laufpaß gegeben.

Daß er tagsüber und dazu so früh vorstellig wurde, war ungewöhnlich genug. Es hätte mich stutzig machen müssen. Doch ich hatte nur Augen für sein Elend. Und das war der Grund, weshalb ich ihm, gegen Sutterles Anordnung, dumm wie ich war, die Tür, die ich gerade abgesperrt hatte, wieder aufschloß, nachdem ich ihn gebeten hatte, er solle sich entfernen, ich dürfe ihn nicht hereinlassen, sie habe es mir verboten. Vielleicht hatte sein Wahnsinn auch mich schon angesteckt. Er wollte hinein. Er tat alles dafür.

In eingeweihten Kreisen war es ein offenes Geheimnis, daß der frühere Hofkapellmeister am Königlichen Hoftheater, Dr. Aloys Obrist, der seit dreizehn Jahren mit einer ehemaligen Schauspielerin verheiratet war, eine Leidenschaft für die Königliche Kammersängerin Anna Sutter gefaßt hatte. Aus völlig durchsichtigen Gründen hatte Obrist seinen Wohnsitz wieder nach Stuttgart verlegt, nachdem er erklärt hatte, er werde sich für immer auf seinen Weimarer Besitz zurückziehen, wo er sich ganz dem Komponieren, der Forschung und dem Sammeln alter Musikinstrumente und natürlich seiner Frau widmen wollte.

Dennoch konnte ich nicht anders, ich dachte immer an sie. Können Sie sich das vorstellen, Monsieur? Ich hatte ihre Seidenstrümpfe, die sie mir so ungeniert gezeigt hatte, stets vor Augen. Ich sah durch die Gitterstäbe des Gefängnisses auf die Straße, und unter all den Frauen, die vorbeigingen, sah ich keine, die diesem verdammten Mädchen auch nur das Wasser hätte reichen können. Und dann roch ich an jener Kassie, die sie mir zugeworfen hatte und die, wiewohl vertrocknet, noch immer so wunderbar duftete.

Wenn es denn Hexen gibt, so war dieses Mädchen eine.

V

*Dramatische Dilettanten wuchsen seit alten Tagen wild
an Schweizer Rainen; dramatische Künstler hingegen
wollten nie so richtig gedeihen. Das lag vor allem
daran, daß das uncharmant gutturale Schweizerdeutsch
nicht die Sprache der Bretter ist, die die Welt bedeuten.
Im übrigen ist der Schweizer in seinem Wesen spröde,
arm an feinen Formen und mehr dem Hang zum Er-
werb als zur Kunst ergeben, das heißt, er ist im Grunde
nicht fähig, sich mit ganzem Herzen seiner Phantasie
auszuliefern, unfähig zur Schwärmerei, ohne die die
Menschendarstellung nun einmal nicht zu bewerkstelligen ist. Im übrigen ist er durch seine Geschichte stets
in sehr enge Verhältnisse geschraubt gewesen, die der
Kunst und Literatur, insbesondere aber der Schauspiel-
kunst eher abträglich sind.*

*Mit wenigen Ausnahmen hielten Schweizer sich des-
halb von der Bühne fern. Die Schaubühne als eine An-
stalt zu betrachten, die »die Seele von den Affekten«
reinigt, war man nicht geneigt; man begnügte sich mit
durchreisenden Wanderbühnen. Vom Volk der Komö-
dianten sprach man in aller Regel mit Ablehnung, und
noch lange gab es in der Eidgenossenschaft Orte, wo
ein Tragöde, selbst wenn er draußen ganze Lorbeerwäl-
der abgeholzt hatte, doch nur als veredelter Bärentrei-
ber gewertet wurde, sofern er denn so töricht war, sich
an einem solchen Ort niederzulassen.*

*Aber das Verhältnis des Publikums zum Künstler
veränderte sich im Lauf der Jahrzehnte erheblich – und*

38

zwar zum Besseren. Es gab und gibt inzwischen eine Menge Schweizer Bühnenkünstler, die im Ausland durchaus reüssierten und ihren künstlerischen Weg zu machen verstanden. Etwa der große Otto Eppens, ein Basler, der in Berlin und Wien als Macbeth die allergrößten Erfolge feierte; oder die unvergeßliche, ebenfalls aus Basel stammende Nanny Herold, die von 1829 bis 1870 Mitglied des bedeutenden Dresdner Hoftheaters war, bevor sie 5 Jahre nach ihrem Abschied von der Bühne in geistiger Umnachtung starb; und dann die Sänger: Carl Schmid, der Sarastro mit dem sensationell tiefen »doch«, der bis 1868, als er unglücklicherweise auf der Jagd dienstunfähig geschossen wurde, der Wiener Hofoper angehörte; die Bernerin Marguerite Silva-Schärrer, die lange Zeit die gefeierte Carmen an der Pariser Opéra comique war; Emilie Herzog, die 1888 als Königin der Nacht an der Berliner Hofoper debütierte und Furore machte; und nicht zuletzt die graziöse, naive Künstlernatur Anna Sutter, deren Vielseitigkeit ebenso sprichwörtlich war wie die Leichtigkeit, mit der sie sich ihrer unverwechselbaren Stimme bediente; ob sie die Lustige Witwe oder die Sieglinde, die Carmen oder die Salome sang, immer stellte sie ihr hinreißend sprühendes Temperament in den Dienst der Kunst, immer stellte sie ein Stück unverfälschtes Leben dar; so bewunderte man sie nicht nur als Sängerin, sondern ebenso als Schauspielerin, denn sie war nicht nur musikalisch, sondern auch mimisch und tänzerisch äußerst begabt.

Eines Tages – so erzählte man sich – überraschte und verwirrte sie ihre Umgebung mit der Feststellung, sie werde wohl einst von einem Carmen-Schicksal ereilt werden, eine Prophezeiung, die sich zum Entsetzen ihrer Anhänger und der musikalischen Welt, die von ihren Ahnungen natürlich nichts wußte, tatsächlich erfüllen sollte. Da mochte sich so mancher, der ihr nahegestanden hatte, an ihren stummen Auftritt in der Pantomime »Die Hand« erinnern, in welcher sie auf geradezu beklemmende Weise die Angst dargestellt hatte, die von einem Frauenzimmer Besitz ergreift.

In welcher Oper sie auch auftrat, stets war ihre Darstellungskunst intuitiv, nie intellektuell, ihre Rollengestaltung war immer zwingend und überzeugend, obwohl oder gerade weil sie sie unbewußt vollzog. So eignete ihren zahllosen Auftritten meist etwas Geheimnisvolles, um nicht zu sagen: Dämonisches, und insbesondere dann, wenn sie die Carmen sang. Hier sprach der Dämon der Darstellerin sein Geheimnis aus.

Auch wenn Anna Sutters Stimme manchmal an ihre Grenzen stieß, war die Schweizer Sängerin doch unzweifelhaft die beste Salome ihrer Zeit, und nicht nur deshalb, weil sie – vielleicht als erste Darstellerin nach der Dresdner Uraufführung, die ein Jahr zuvor stattgefunden hatte – den Tanz der sieben Schleier selbst ausführte. Ihre Darstellung der Strausssschen Musik durch den Körper war ebenso einzigartig wie vorbildlich und fesselnd. Das Publikum lag ihr mit Recht zu Füßen. Es liebte sie abgöttisch. Um so verständlicher war die Bestürzung und Trauer, als bekannt wurde, daß sie von einem ehemaligen Liebhaber erschossen worden war (daß es noch andere vor ihm – und nach ihm – gegeben haben mußte, davon zeugten ihre beiden unehelichen Kinder). Anna Sutter, die von so vielen bewundert, ja verehrt wurde, fiel durch die Schüsse eines Mannes, der die Zuschauer um ihren Liebling brachte.

»Eine seltene, eine großartige Künstlernatur war sie, fernab von Kleinlichkeit und Engherzigkeit. Und wenn sie auch in den weiteren Kreisen des deutschen Bühnenlebens nicht so bekannt war, als ihr geniales Können es verdiente, weil sie ihre ganze Kraft dem Stuttgarter Hoftheater schenkte und nur an wenigen auswärtigen Bühnen auftrat, so gebührt ihr doch ein Ehrenplatz in der vordersten Reihe der Bühnengrößen aller Zeiten«, rief ihr der Schauspieler Egmont Richter am offenen Grabe nach.

Die Katastrophe ereignete sich am späten Vormittag des 29. Juni 1910 in der Wohnung der Sängerin. Mehr als Vermutungen wollte die Presse, die im Verlauf der nächsten Tage jeweils zweimal täglich ausführlich darüber berichtete, nach eigenem Bekunden zunächst nicht anstellen. Welche Phasen Obrists Leidenschaft mit der Zeit durchgemacht habe, so das Abendblatt (Nr. 295) der »Schwäbischen Kronik« vom 29. Juni 1910, entziehe sich der Kenntnis der Öffentlichkeit, und es widerstrebe ihr, mit Vermutungen in das Dunkel dieses Dramas leuchten zu wollen. Die Katastrophe aber, zu der das Drama nun geführt habe, liege furchtbar klar zu Tage: Dr. Obrist, der einige Jahre lang das Amt eines Hofkapellmeisters in Stuttgart inne gehabt hatte und während einiger Zeit mit der Ermordeten liiert gewesen war, hatte an diesem Vormittag:

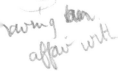

41

»... zuerst Frl. Sutter und dann sich selbst erschossen. Man kann sich denken, daß das Verbrechen die Tat eines Verzweifelten war, der die Unmöglichkeit, die Geliebte an sich zu fesseln, hatte erkennen müssen. Und so geschah das Entsetzliche – ein Ende mit Schrecken in des Wortes schrecklichster Bedeutung.«

Carmen log, Monsieur, sie hat immer gelogen. Ich weiß nicht, ob dieses Mädchen in seinem Leben je ein wahres Wort gesprochen hat; aber wenn sie sprach, glaubte ich ihr, ich konnte nicht anders. Sie stammelte irgend etwas auf baskisch, und ich hielt sie für eine Navarreserin; obwohl allein schon ihre Augen, ihr Mund und ihr Teint ihre Herkunft als Zigeunerin verrieten. Ich war besessen, alles war mir gleichgültig, kurz, es war, als wäre ich betrunken; ich begann, Dummheiten von mir zu geben, und bald danach beging ich sie auch.

VI

Aloys Obrist wurde am 30. März 1867 als Sohn eines
Schweizer Arztes aus Kilchberg und einer schottischen
Adeligen in San Remo geboren. Die Ehe der Eltern, aus
der noch ein zweiter Sohn hervorging, wurde bereits
nach wenigen Jahren geschieden. Die Mutter übersiedelte mit ihren beiden Söhnen nach Weimar, wo sie ein
Haus besaß, in dem die Schauspieler des Hoftheaters
ein und aus gingen, unter anderem auch die »tragische
Liebhaberin« Hildegard Jenicke, die Aloys einige Jahre
später heiraten sollte.

Aloys erhielt in Weimar seine erste musikalische
Ausbildung, die ihn den Kreisen um Franz Liszt näher
brachte, den das Kind wohl persönlich kennenlernte.
Er war ein ausgesprochen hübscher, zarter Junge und
seiner Mutter, die in Weimar durch ihre Überspanntheit
auffiel, sehr ergeben (sie pflegte in wallenden Gewän-
dern durch die Stadt zu gehen und ihre zahlreichen Gäste mit Lorbeer zu bekränzen). Zwei Jahre nach ihrem
Tod heiratete er. Zuvor aber begab er sich nach Berlin,
um Komposition, Musikgeschichte, Philologie und Philosophie zu studieren; 1892 wurde er mit einer Mono-
graphie über Melchior Frank promoviert. Im April
1893 heiratete der 26jährige Aloys Obrist Hildegard
Jenicke. Sie war 36 Jahre alt.

Er fand Anstellungen als Kapellmeister in Rostock,
Brünn und Augsburg. Seine Frau, deren Karriere mit

der Eheschließung beendet war, blieb zunächst in der »Villa Alissa« in Weimar, wo Obrist zeitlebens seinen ersten Wohnsitz behielt. 1895 wurde er – nach mehreren erfolglosen Versuchen – endlich als erster Hofkapellmeister ans Hoftheater nach Stuttgart berufen; nach anfänglichen Schwierigkeiten konnte er seine Befähigung vor allem im modernen deutschen Repertoire unter Beweis stellen. Er war eine Arbeitskraft von zäher Ausdauer, und wenn er auch nur selten zu begeistern vermochte, so nötigte seine Tätigkeit im Konzertsaal und im Theater doch Achtung und Anerkennung ab.

Am 1. September 1895 dirigierte Obrist in Stuttgart zum ersten Mal; man hatte ihm die musikalische Leitung des »Lohengrin« anvertraut. Die Beziehung zwischen Anna Sutter und ihm blieb noch für lange Zeit ausschließlich beruflicher Art, zumal sie angesichts des unterschiedlichen Repertoires nur selten miteinander zu tun hatten. Der Wagnerianer Obrist war weder für Operetten noch für das italienische Fach zuständig.

Obrists Stuttgarter Tätigkeit dauerte zunächst 5 Jahre. Er dirigierte etwa 300 Opernaufführungen und 50 Abonnementskonzerte sowie verschiedene andere Konzertaufführungen. Gemeinsam mit Hans Richter leitete er das Stuttgarter Musikfest, und als die Hofoper ein großes Gastspiel in Leipzig gab, stand er an der Spitze des Orchesters. 1900 verließ Obrist Stuttgart und kehrte nach Weimar zurück, wo er die Stelle eines Kustos am Liszt-Museum übernahm; zugleich war er Vorsitzender der Revisionskommission für die Gesamtausgabe der Werke Franz Liszts. Auch hielt sich Aloys gemeinsam mit seiner Frau des öfteren in Tabarz im nördlichen Thüringerwald auf, wo er ein kleines Haus geerbt hatte. Immer wieder betätigte er sich als Mitarbeiter verschiedener Zeitschriften und als Musikreferent der »Weimarer Zeitung«. 1909 verlieh ihm der Großherzog von Weimar den Titel eines Hofrats.

1907 wurde Obrist noch einmal nach Stuttgart berufen. Inzwischen war Anna Sutter der unumstrittene Star der Stuttgarter Hofoper und zweimal – gewissermaßen unter den Augen der Öffentlichkeit, die von ihrer »Unpäßlichkeit« via Plakatmitteilung erfuhr – Mutter geworden, was ihrem Ruf keineswegs geschadet hatte. Zwei ihrer Liebhaber – nicht etwa sie selbst – hatten inzwischen auf Druck des Intendanten ihre Posten als Kapellmeister niederlegen und Stuttgart verlassen müssen; Anna Sutters Beliebtheit konnte das alles nichts anhaben. Während Thilde bei ihr blieb, wurde Felix (dessen Vater unbekannt war) bei Münchner Bekannten untergebracht. Ob die Mutter ihn dort besuchte, ist nicht bekannt.

Es sollte sich diesmal von vornherein nur um eine vorübergehende Beschäftigung handeln, um ein freundliches Einspringen bis zur endgültigen Erledigung der Stuttgarter Hofkapellmeisterfrage, die ein Jahr später mit der Berufung Max Schillings', des nachmaligen Intendanten der Berliner Staatsoper, erfolgte. Am 25. Februar 1908 verlieh König Wilhelm II. von Württemberg Aloys Obrist die Große Goldene Medaille für Kunst und Wissenschaft am Bande des Ordens der Württembergischen Krone.

Hatten ihn die Ensemblemitglieder bei seinem ersten Weggang durch eine Abschiedsfeier und die Überreichung eines kostbar verzierten Taktstocks geehrt, so schenkten sie ihm bei seinem zweiten Abschied von

Stuttgart einen silbernen Lorbeerkranz. Über die gescheiterte Beziehung zwischen Anna und dem Geehrten, die erst in der Saison 1907/08, also zwölf Jahre nach dem ersten Zusammentreffen der beiden Künstler in Augsburg, geknüpft worden war, wußten die meisten Mitglieder des Ensembles vermutlich Bescheid.

Womit in all der Zeit Obrists Gemahlin Hildegard beschäftigt war, blieb der Öffentlichkeit nicht ganz verborgen. Während ihr Mann in Stuttgart wirkte, wohin sie ihm zunächst gefolgt war, tat sie sich in aufopfernder Weise durch ihre Wohlfahrtsbestrebungen für das weibliche Geschlecht, als Vorsitzende des Vereins für weibliche Angestellte sowie der Fortbildungsanstalt für höhere Töchter hervor. Dann kehrte sie gemeinsam mit ihrem Mann nach Weimar zurück.

1893, als sie den zehn Jahre jüngeren Aloys Obrist geheiratet hatte, war Hildegard Jenicke, die vor allem durch ihre Darstellung Schillerscher Frauenfiguren bekannt geworden war, gezwungen gewesen, die Bühne zu verlassen. Nachdem sie 1900 Stuttgart den Rücken gekehrt hatte, beschäftigte sie sich hauptsächlich mit der Vorbereitung von Rezitationsabenden, mit denen sie ihre *schön ausgebildete Sprechweise* und *unerschütterliche Gestaltungsfähigkeit* zur Geltung bringen wollte, für welche man sie – die einst an einem einzigen Abend sowohl die Emilia Galotti als auch die Orsina gespielt hatte – nicht nur in Weimar, sondern weit darüber hinaus an verschiedenen ersten Bühnen Deutschlands, Rußlands und der Schweiz so bewundert hatte.

... bewegte sich langsam, bewegte sich unter dem Einfluß des einsamen Mondes sehr langsam. Wenn er die Augen schloß, wußte er, daß er schon schlief, daß er träumte, er stieße gegen einen festen Gegenstand, eine Steinbank, er setzte sich und behielt die Augen geschlossen, um von den Geräuschen, die ihn umgaben, in seinen Träumereien nicht gestört zu werden; denn solange er seine Augen nicht öffnete, konnten ihm die nächtlichen Gestalten, die da und dort im sogenannten Unterholz auf der Lauer lagen, nichts anhaben. Nicht Rehe, nicht Hasen, nicht Menschen, nicht Tiere, Wilde, Elfen ...

Kroll kannte die Gegend gut genug, um sich sogar mit geschlossenen Augen darin zurechtzufinden wie in seinem einsamen Zuhause. Die Turmuhr der nahe gelegenen Kirche schlug zweimal: die halbe Stunde zwischen zwölf und eins. Er hörte, daß jemand sich ihm näherte, sich neben ihn setzte, sich gegen ihn drängte, er fühlte nächtlichen Atem, Atem an seinem Hals, Atem an seinem Ohr. Er bewegte sich nicht, ließ es geschehen, so war es nun Annas Hauch, den er spürte, und Aloys' Hand, die er fühlte, die sich näherte und sich flach in seinen Schoß legte. Er ließ geschehen, was geschehen mußte, ein Mund, der sich auf seine trockenen Lippen legte, er ließ geschehen, was sie geschehen ließen, Anna und Aloys auf seiner Bank, und wenn das Wesen neben ihm ein Messer gezogen, eine Pistole gezückt, ein Seil um seinen Hals geschlungen hätte, er hätte es willig, ergeben geschehen lassen, eine Hand an seinem Hals, eine Hand auf seinem Scheitel, eine Hand auf seiner Brust, eine Hand auf seinem Geschlecht.

Es war immer noch Nacht, als er die Augen wieder

öffnete und um sich blickte. Alles ein Traum. Die Hände und Zungen waren ebenso verschwunden wie der Vollmond, der schnell durch seinen Traum und über den nächtlichen Himmel gewandert war. Wenn er sein Vorhaben ausführen wollte, mußte er sich beeilen, denn bald würde es zu dämmern beginnen. Er stand also auf und überlegte nicht lange; er kannte den Weg in Weitbrechts Werkstatt im Schlaf.

Von jeher – so berichtete eine dem Verstorbenen nahestehende Persönlichkeit – gingen sowohl in dem schweizerischen wie in dem schottischen Zweig der Familie Obrist zwei Typen nebeneinanderher: der eine passioniert, begeisterungsfähig, alles riskierend, reich an Ideen, lebhaft, fast nur in der Zukunft lebend, der andere puritanisch streng, von äußerster Einfachheit und Einseitigkeit des geistigen Baus, von restloser Konsequenz, gerecht und selbstgerecht, und beides bis zur Unerbittlichkeit. Von jeher waren die Konflikte dieser Naturen, die sich immer suchten und immer abstießen, in der Familie die Quelle oft fruchtbarster Anstrengungen und Leistungen, aber ebensooft auch der Grund für Entfremdung und Erstarrung gewesen.

Nach einer geradezu strahlenden Jugend, deren Schönheit und Begabung die glücklichste Zukunft versprachen, schlug die Natur Aloys Obrists – laut jener ihm nahestehenden Persönlichkeit – gewissermaßen um, und es erschien ein vorzeitig ernster und gemessener junger Mensch, der nie etwas anderes anstrebte, als ein Meister seiner Kunst zu werden.

In den Angelegenheiten des Herzens trieb es ihn

nicht zur Jugend, er verehrte vielmehr das Fertige, ihm Überlegene im Weibe. Bis zu seiner Ehe liebte er mit einer alles andere ausschließenden Einseitigkeit jene Frau, die er 1893, trotz des erheblichen Altersunterschieds, ehelichte: die bedeutende ehemalige großherzoglich-weimarische Hofschauspielerin Hildegard Jenicke.

Die Ehe zwischen ihr und Aloys Obrist war die denkbar würdigste, doch blieb sie – vielleicht auch deshalb, weil keine Kinder daraus hervorgingen – ernst bis zur Düsterkeit. Der in allem sehr spätreife Mann gelangte schließlich doch zur Reife, und zwar in dem kritischen Alter, das für Männer das gefährlichste ist. Gewiß ist, daß ein sehr starkes oder gar schöpferisches Temperament längst einen Ausweg aus seiner Lage gefunden hätte: So aber wuchs nur die reine Naturmacht heran mit allen ihren tragischen Konsequenzen.

Dieser bis zur Melancholie verdunkelte Mann, der jede Hoffnung auf ein Leben voll Kraft, Lust und Arbeitsfreude aufgegeben hatte, wurde – so fährt die dem Verstorbenen nahestehende Persönlichkeit fort – um sein vierzigstes Lebensjahr von einer unerhörten Leidenschaft zu einem Temperament ergriffen, das den denkbar größten Gegensatz zu dem seinigen darstellte: zu Anna Sutter, einer Frau, die vier Jahre jünger war als er selbst. Wer ihn kannte und seine Briefe aus dieser Zeit liest, kann sich eine Vorstellung von dem Gefühl des Neuauflebens machen, das ihn durchströmte. Er war davon besessen.

Pauline fühlte sich ihrer Herrin noch immer verpflichtet. Selbst wenn sie Grund dazu gehabt hätte, niemals hätte sie schlecht über Anna gesprochen. Mehr konnte sie für ihr geliebtes Sutterle nun nicht mehr tun, aber insbesondere dieser Verpflichtung wollte sie zur Zufriedenheit jener nachkommen, die sie nicht mehr sehen, nicht mehr hören und nicht mehr für ihre Loyalität loben konnte.

Während Polizeibeamte am Tatort ihren geheimnisvollen kriminaltaktischen Beschäftigungen nachgingen, saß Annas Zofe aufrecht und fast unbeweglich am Küchentisch. Sie versuchte, die Fragen des Polizeiinspektors so gründlich wie möglich zu beantworten, wobei sie darauf achtete, daß kein schiefes Licht auf die Verstorbene fiel. Heids Blicke schweiften nicht mehr umher, sie ruhten auf Pauline.

Sie habe, fuhr Pauline fort, und ihre Stimme war ganz blaß, sie habe Fräulein Sutter, sie stockte, vokalisieren gehört. Ich bin fast sicher, sagte sie. Sie habe sie nicht stören wollen. Sie habe sofort gewußt, daß er es war, kein Lieferant. Und woher sie das gewußt habe? Sein Klingeln habe so etwas Drängendes, Dringliches an sich gehabt. Als Pauline öffnete, glaubte sie ihn mit ein paar Worten besänftigen und wieder fortschicken zu können. Wie einfältig und kurzsichtig von ihr! Sie hätte es besser wissen müssen. Was hat ein Mann in seiner Lage zu verlieren?!

Heid wollte wissen, was Obrist gesagt, was er gefordert habe. Er habe hineingewollt, antwortete die Zofe, nur einfach hinein. Er wollte sie sehen. Kleinlaut zunächst, geradezu mitleiderregend, dann aber in zunehmend schärferem Ton, habe er die anfängliche Beherrschung verloren. Sie habe ihn darauf hingewiesen, er möge sich daran erinnern, daß Fräulein Sutter ihn nicht sehen wolle. Sie habe es ihm schon vor Wochen zu verstehen gegeben. Hatte er nicht am Tag zuvor einen kurzen, unmißverständlichen Brief Annas erhalten – Heid notierte: *Os Wohnung durchsuch. Korresp. v. A.S. am 28.?* –, in dem sie ihm (wie sich später herausstellte) schrieb, daß alles Drängen und Flehen vergeblich und ihre Haltung unnachgiebig sei: *L'âme d'Anna reste inflexible, zwischen uns ist es aus, für uns gibt es keine gemeinsame Zukunft.*

Es sei vermutlich gerade dieser Brief gewesen, dessen Inhalt Pauline nicht kannte, der Obrist zum Handeln veranlaßt habe. Hätte sie den Brief nicht geschrieben oder zumindest nicht weggeschickt, Obrist wäre möglicherweise nicht hier aufgetaucht. Sie hatte ihm das Motiv ins Haus geliefert. Ihr ungnädiges Schreiben, das keine Zweifel an ihrer unbeugsamen Haltung zuließ, habe das Gegenteil dessen bewirkt, was es hätte bezwecken sollen, indem es Öl ins Feuer seiner Seele goß.

Und dann, so die Zofe, habe er gesagt, wenn er sie jetzt nicht auf der Stelle sprechen könne, werde er sich das Leben nehmen.

Heid fragte: Wußten Sie, daß er eine Pistole bei sich hatte? Pauline sagte: Nein, natürlich nicht. Ich wußte nicht einmal, daß er eine Pistole besitzt. Heid: Sprach er vom Erschießen? Pauline: Nein. Heid: Aber er drohte damit, sich umzubringen? Pauline: Ja, aber ich nahm es nicht ernst. Ich nahm es so auf, als handelte es sich dabei um eine Respektlosigkeit, um einen Bubenstreich eines Verzweifelten, denn verzweifelt war er, darüber bestand kein Zweifel.

Während sie noch unschlüssig war, was zu tun sei, habe er, gleich einem aufdringlichen Hausierer, seinen Fuß bereits über die Schwelle gesetzt gehabt. Als er in der Diele stand, plötzlich stand er da, wußte sie, daß sie einen schrecklichen Fehler begangen hatte, einen Fehler, der sie ihre Stelle kosten konnte. Ich hatte, sagte Pauline, meine Befugnisse überschritten. Als mir das bewußt wurde, war es bereits zu spät. Ich hatte es nicht in der Hand, Obrist wieder aus der Wohnung zu schaffen, ich bin nur eine Dienstmagd.

Als er in der Wohnung neben dem runden Tisch stand, fiel der letzte Rest Würde von ihm ab. Er kam ihr wie ein nackter Mensch vor. Wie eine bloße Seele. Sie errötete. Es muß gesagt sein. Es lag auch daran, daß er nur noch einen Schnurrbart trug.

Zum ersten Mal sah sie Polizeiinspektor Heid offen in die unruhigen Augen, die ihrem Blick ebenso standhielten wie sie dem seinen. Heid hob die Augenbrauen.

Pauline sagte: Ich kannte ihn nur mit Vollbart. Ich hatte ihn seit Monaten nicht gesehen. So gefaßt er hinter der Tür noch gewirkt hatte, so außer sich war er jetzt, wie er da in der Diele beim Tisch stand. Er konnte kaum sprechen. Er rang nach Luft. Er konnte nur unvollständige Sätze sagen. Er schlug mit den gelben Handschuhen, die er ausgezogen hatte, auf den Tisch. Er hielt sich an der Tischplatte fest. Sie bangte um die hübsche Tischdecke (statt um ihr Leben). Natürlich wußte er, wo Fräulein Sutter sich aufhielt, obwohl sie inzwischen aufgehört hatte zu singen. Vielleicht sang sie auch schon länger nicht mehr. Pauline senkte die Augen. Das Sutterle hatte ihn längst an seiner Stimme erkannt, so laut wie der schrie.

Was er dann getan habe, wollte Heid wissen, der seine Ungeduld zu zügeln verstand. Er sei, so Pauline, plötzlich verstummt und auf die Salontür zugegangen, um nicht zu sagen: zugestürmt, antwortete Pauline. Und dann stand plötzlich Thildchen, Annas Tochter, da! Aus heiterem Himmel stand sie unter der Wohnungstür, ihre Puppe in der Hand, für die sie eigentlich zu groß war, die den Boden berührte, und starrte auf den Mann, der ihr vertraut und nun so anders war als sonst, der sich so oft und so rührend um sie gekümmert hatte. Sie sagte: Du hast mir doch versprochen, er unterbrach sie, er schrie beinahe: Verschwinde, geh spielen, geh runter auf die Straße!

Und Thildchen gehorchte auf der Stelle wie eine Marionette, drehte sich um und ging, die Puppe schleifte hinter ihr her, ich hörte, wie deren Porzellanfüße auf den Stufen klapperten.

Sie machte wortlos auf der Schwelle kehrt und ging nach unten spielen, wie geheißen.

Heid fragte: Sie kannte ihn also. Pauline sagte: Sie kannte alle. Heid fragte: Es waren demnach viele? Pauline sagte: Es waren genau so viele, als nötig waren, sie glücklich zu machen. Heid fragte: Sie kannten sie alle, nicht wahr? Pauline sagte: Das mag wohl sein, aber tut es etwas zur Sache? Heid fragte: Fräulein Sutter hat ihm die Salontür nicht geöffnet? Nicht freiwillig zumindest? Pauline sagte: Nein, gar nicht. Sie hat leider auch nicht versucht, ihrem Schicksal zu entgehen. Heid sagte: Er hätte sein Werk auch so vollendet! Da machen Sie sich mal keine Gedanken. Durch solche Türen verschafft man sich leicht Zutritt, zumal in der Verfassung, in der er sich befunden haben muß. Er hatte eine Pistole bei sich, er hatte nichts mehr zu verlieren. Er wußte genau, was er wollte, sofern sie ihre Meinung nicht änderte. Pauline sagte: Das war nicht ihre Art. Heid sagte: Er hätte sie ebensogut auf der Straße oder auf der Bühne ... Sie sagte: O mein Gott, natürlich, er hätte sie auch auf der Bühne erschießen können! Heid fragte: Und was geschah dann?

Obrist habe, sagte die Zofe, die Tür zum Salon aufgerissen, und so seien sie einander plötzlich gegenübergestanden, Anna und Obrist, von Angesicht zu Angesicht, wie man so sagt. Das Fräulein trug eines ihrer hellblauen *deshabillés*, wie sie ihre Morgenröcke nannte. Es herrschte, während sie einander gegenüberstanden, ein paar Sekunden lang eine ganz furchtbare Stille. Sie selbst, Pauline, war wie versteinert, unfähig, irgend etwas zu unternehmen. Unten schlug jetzt das Haustor zu, Thildchen war aus dem Haus. Da packte Obrist das Sutterle wortlos am Arm, zerrte sie aus dem Salon, zerrte sie in die Diele, schob sie vor sich her am Tisch vorbei ins Schlafzimmer und schlug die Tür hinter sich zu, und all die Zeit sagte sie, die sonst nicht auf den Mund gefallen war, kein Wort, kein Wort, und dann wieder furchtbare Stille, nicht Ruhe, nein Stille. Die Stille vor dem Sturm.

Ich stand allein in der Diele, plötzlich war ich ganz allein. Und einen Augenblick sagte ich mir, es wird alles gut. Die Türen werden sich öffnen, stumm haben sich die beiden versöhnt, alles wird gut, sie heiraten, er erhöht sie, wie er es immer schon wollte, er adoptiert Thildchen und sogar den Münchner Buben, und wir sind alle glücklich, er wollte ihr ja immer verzeihen, aber sie brauchte keine Verzeihung, sie war auch so recht glücklich, er dirigiert und sie singt, er befiehlt und sie gehorcht. Es kam ganz anders. Ich hätte mich zwischen sie stellen oder, noch besser, ich hätte aus dem Fenster um Hilfe rufen sollen. Ich weiß nicht, warum ich es nicht tat. Ich hatte seltsamerweise nichts Besseres zu tun, als die Tischdecke in Ordnung zu bringen, die sich verschoben hatte, als er sich am Tisch festhielt. Ich richtete die Tischdecke.

Ich bin es leid, deine Liebhaber umzubringen: Eines Tages werde ich dich töten.

Sie faßte mich mit ihrem wilden Blick ins Auge und sagte: »Ich wußte schon immer, daß du mich töten würdest. Als ich dich zum ersten Mal sah, war mir an der Haustür gerade ein Priester begegnet. Und in jener Nacht, als wir Córdoba verließen, hast du da nichts gesehen? Ein Hase kreuzte unseren Weg zwischen den Hufen deines Pferdes. Mein Schicksal ist besiegelt.«

VII

Zu Beginn, damals vor drei Jahren, es kommt mir heute bereits wie eine Ewigkeit vor, waren sie glücklich. Aber niemals, davon bin ich überzeugt, hat das Sutterle auch nur erwogen, eine Gesetzes-Verbindung mit Dr. Obrist einzugehen, denn dazu war sie doch zu lebenslustig und freiheitsliebend, von ganz anderer Wesensart als er. Verstehe mich richtig, Mama, sie war keine Kokette, sondern ein Schmetterling, ein Naturkind, das jeder, der sie kannte, in sein Herz schließen mußte. Für die Liebe, wie Dr. Obrist sie verstand und wie auch wir einfachen Leute sie verstehen, war sie einfach nicht geschaffen. Nicht für eine Liebe, die sich im Lebensbund erfüllt.

Sie hat ihrem Geliebten niemals auch nur die geringste Hoffnung auf eine Ehe gemacht. Sie hat nur gelacht, wenn er davon anfing, oder es überhört. Er trug es lange Zeit mit Fassung, wie ich fand. Im übrigen war er ja schon verheiratet. Sie wollte, daß er zu seiner Frau zurückkehrte. Sie bat ihn einige Male darum. Er aber wollte nichts davon wissen. Ob seine Frau von der Affaire Wind bekommen hatte, weiß ich nicht.

Ihre Liebesgeschichte begann erst, viele Jahre nachdem sie sich kennengelernt hatten, und wie ich Dir, glaube ich, schon schrieb. Liebe auf den ersten Blick war es also nicht. Ganz im Gegenteil. Sie kannten sich, wie mir das Sutterle erzählte, bereits seit über 10 Jahren von der Arbeit auf der Bühne. In Augsburg hatten sie sich kennengelernt und bis zur Jahrhundertwende in

Stuttgart oft miteinander gearbeitet, ohne daß auch nur das Geringste zwischen ihnen vorgefallen wäre, ohne daß der zurückhaltende Mann je liebende Gefühle gezeigt oder schon gar in ihr geweckt hätte. Fünf Jahre waren sie zusammen an einer Bühne gewesen, und nichts war vorgefallen.

Erst als er vor drei Jahren wieder einmal für eine befristete Zeit nach Stuttgart gerufen wurde, kamen sie einander nahe. Seine Ehe war wohl nicht glücklich. Vielleicht war ihm in der Zwischenzeit bewußt geworden, daß ein Mann eine jüngere Frau braucht, und seine war älter als er, sogar viel älter, wie man hört. Seine Frau hatte seinetwegen ihren Beruf an den Nagel gehängt, als sie ihn heiratete, etwas, was Anna Sutter nie für einen Mann getan hätte, und schon gar nicht für diesen, dessen Eifersucht sie nicht ertrug, weshalb sie der Affaire schon nach wenigen Monaten ein Ende machen wollte.

Anna und Obrist waren erst Jahre nach ihrer ersten Begegnung intim geworden, schrieb Pauline einige Wochen später an ihre Schwester, und zwar in der Silvesternacht 1908, als sie bereits seit einem dreiviertel Jahr bei Anna Sutter im Haushalt tätig war. In der Silvesternacht war es geschehen, schrieb sie. Sie kannte die Wohnung, sie kannte den Fußboden, sie kannte jedes Knarren, und sie wußte, wodurch es hervorgerufen wurde (das schrieb sie ihr nicht).

Zu Beginn, damals vor nunmehr anderthalb Jahren, schienen sie glücklich, wenngleich sie nie ausgelassen waren. Jedoch nicht lange. Ihr persönlich sei Dr. Obrist nie sonderlich sympathisch gewesen, *wenn ich auch nicht sagen kann, was mir an ihm mißfiel, was mir auch recht schwerfiele, denn es war alles und nichts;* stets wirkte er sehr reserviert, *um nicht zu sagen kalt,* und also ganz anders als die anderen, viel lustigeren Männer, die bis dahin in die Schubartstraße zu Besuch gekommen waren; *wobei Du Dir den Ort um Gottes willen nicht als eine Art Haus für geheime Vergnügen vorstellen darfst, wie das so mancher tut, der glaubt, eine Sängerin sei ein liederliches Frauenzimmer. Wenn vor und nach Obrists Zeit auch viel gelacht wurde, so waren die Sitten doch niemals unfein oder gar locker. Er war sehr gut zum Kind, das will ich nicht verschweigen, das war ihm wie angeboren. Nur in Gegenwart Thildchens war er wie befreit von einer Last.*

Eines Tages, wenn sie sich recht erinnere im Februar, habe das Sutterle sie in ihr Vertrauen gezogen. Das tat sie schon seit einiger Zeit; daran, bestimmte Konventionen aufrechtzuerhalten, lag ihr nicht viel. Eines Tages also erzählte sie ihr, sie fühle sich nicht etwa von Obrists steifer Art und schon gar nicht von seinem humorlosen Charakter, vielmehr – wenn überhaupt von etwas – von seiner Unterjochung angezogen. Der Kontrast zwischen seiner äußeren Erscheinung und seiner wahren Natur – *sie benutzte ein mir unbekanntes Fremdwort, um mir seine Natur zu erklären, aber das ist mir leider entfallen –* war natürlich nicht ohne Reiz, ja der Kontrast war überhaupt der ganze Reiz an ihm. *Ich sagte nichts, da es mir nicht zustand, mich in Dinge einzumischen, von denen ich nichts verstand und von denen ich vielleicht auch gar nichts verstehen will. Das sind keine Sachen für Mägde.*

Obrist war bereit, alles für sie zu tun, alles zu erleiden, das Erhabene wie das Niedrige, das Gute wie das Böse, alles, wozu sie fähig sei. Sie kannte sich gut genug, um zu wissen, was in ihr überwog. Sie sagte es ihm.

Und dennoch flehte er sie an, ihn zu heiraten. Er wollte seine Ehe annullieren lassen, sofern sie bereit war, ihn zu heiraten, ohne daß sie selbst dies je von ihm verlangt hatte. *So etwas kam nicht über ihre Lippen, nie. Ein Wort genügt, ich heirate dich, sagte er.* Er wolle es mutig wagen, sich von seiner Frau zu trennen, wenn Anna in eine Ehe einwilligte. Er meinte es ernst. Obrist *pflegte nicht zu scherzen, und als sie mir das erzählte, schien mir, als sei sie wieder in die peinliche Lage zurückversetzt, in der sie sich befunden hatte, als er ihr diesen Vorschlag machte. Sie errötete sogar beim Sprechen, das war ungewöhnlich. Daß er es überhaupt gewagt hatte, so mit ihr zu reden, grad so, als sei sie nicht eine gefeierte Sängerin, sondern irgendein unerfahrenes Mädchen. Er wollte sie erhöhen, Das meinte er ganz ernst. Er wollte sie den Niederungen entreißen, sagte er, obwohl er doch wußte, wie arg aufgehoben sie sich gerade im Kreis ihrer Kollegen fühlte, wie ein Fischlein im Wasser. Obwohl er selbst ein Musikus und Künstler war, fand er ihr Künstlerleben ihrer Natur nicht angemessen, glaube ich.*

Das Sutterle, das sich, wie sie selber zugab, einerseits von seiner Ergebenheit angezogen fühlte, andererseits kein Leben als Gefangene eines eifersüchtigen Liebhabers zu führen gedachte, wurde seiner bald überdrüssig. Daß es ihr mit dem Entschluß, die Verbindung mit Obrist abzubrechen, ernst war, merkte Pauline daran, daß sie wieder zu lachen begann, auch in seiner Gegenwart. Aber dann lachte sie nicht, weil sie vergnügt war, *sondern sie lachte, um ihn und seine moralischen Reden, wie sie es nannte, zu verspotten. Am Ende schickte sie ihn zum Teufel und nahm sich einen anderen Mann.*

So ging Paulines heimlicher Wunsch, es möge bald einer an Obrists Stelle treten, *mit dem es wieder etwas zu lachen gäbe,* schon nach weniger als einem halben Jahr in Erfüllung, was erwartungsgemäß heftige Szenen sowohl zu Hause als auch im Theater und einmal sogar auf offener Straße nach sich zog. *Ein Wunder, daß es nicht in die Zeitung kam. Du kannst Dir nicht vorstellen, wie peinlich das für sie war. Denn wenn wir auch in einer großen Stadt leben, machen doch solche Sachen auch hier schnell die Runde und können manchen guten Ruf ruinieren.*

Monsieur, man wird ganz beiläufig zum Schurken. Wegen eines hübschen Mädchens verliert man den Kopf, man schlägt sich ihretwegen, ein Unglück geschieht, man sieht sich gezwungen, in den Bergen zu leben, man wird Schmuggler, und ehe man sich's versieht, ist man ein Dieb.

Wenn sie lachte, Monsieur, war es mir unmöglich, vernünftig mit ihr zu reden. Wenn sie zu mir sagte: Geh, konnte ich nicht gehen.

before you know where you are

VIII

Mit dem Ende der Spielzeit 1907/1908 und der damit verbundenen Auflösung seines auf eine einzige Saison befristeten zweiten Vertrags mit der Königlichen Hofoper, der bereits im April 1908 mit der Leitung einer Aufführung der »Götterdämmerung« seinen Abschluß fand, blieb Aloys Obrist keine andere Wahl, als Stuttgart zumindest zeitweise zu verlassen, zumal auch seine Beziehung zu Anna Sutter gescheitert war. Sämtliche Versuche, ihre Liebe auf allen möglichen Wegen zurückzugewinnen, waren fehlgeschlagen; daß gerade sie ihm bei seiner Verabschiedung einen Lorbeerkranz aufgesetzt hatte, mußte ihm wie eine öffentliche Verhöhnung erschienen sein. Sie wollte nichts mehr von ihm wissen. Und wenn nur ein Bruchteil der Gerüchte stimmte, die über sie in Umlauf waren, dann hatte er allen Grund dazu, das Gegenteil dessen zu sein, was sie offenbar nicht war, nämlich verbittert und unglücklich. Sie hatte ihn durch einen anderen ersetzt.

In Ermangelung einer weiteren künstlerischen Beschäftigung in Stuttgart, wandte sich Obrist, der keinen Gedanken daran verschwendete, sich andernorts um eine Kapellmeisterstelle zu bewerben, erneut seinen diversen theoretischen Tätigkeiten zu. Diese zwangen ihn allerdings, den Ort, an dem er so heftig geliebt hatte und enttäuscht worden war, zu verlassen, um, wie bereits in früheren Jahren, zwischen Tabarz – wohin sich seine Frau zurückgezogen hatte – und Weimar – wo er meist allein wohnte – hin und her zu wechseln, ein wenig Musikforschung zu betreiben, seine Instrumenten-sammlung zu katalogisieren, Rezensionen zu verfassen und hin und wieder etwas zu komponieren. Heilsame Geschäfte, sagte er sich, die ihn von seinem Kummer ablenken würden.

Häufig weilte er zwischen 1908 und 1910 in Stuttgart, wo er in der Eugenstraße Nr. 7 – im 2. Stock – weiterhin einen Haushalt mit eigenem Telefonanschluß (er war unter der Nummer 8838 zu erreichen) unterhielt. Immer wieder versuchte er, Anna Sutter allein unter vier Augen zu treffen. Wenn sie auf der Bühne stand, saß er im Publikum. Er schrieb ihr Briefe über Briefe. Sie beantwortete sie nicht.

Nachdem Obrist Stuttgart verlassen hatte, glaubte er wohl zunächst, er könnte die Frau, die ihn verstoßen hatte, unter Schmerzen allmählich vergessen. Tatsächlich sah er sie aus der Ferne allenfalls in etwas ungünstigerem Licht. Doch dieses trug zu seiner Heilung nicht bei.

Anders als er gehofft hatte, half ihm die Tatsache, daß er nun auch räumlich von ihr getrennt war, nicht über den Verlust hinweg. Wenn er in Stuttgart war, insbesondere wenn er sie auf der Bühne sah, wenn er sie: Ja, die Liebe hat bunte Flügel singen hörte, wenn sie sich also in Fleisch und Blut vor ihm bewegte, riß die Wunde, die sie ihm zugefügt hatte, immer wieder auf. Ob sie auf der Bühne ihr wahres Gesicht zeigte oder nicht, er glaubte es überall zu erkennen, und besonders dann, wenn sie sich am Ende der Vorstellung verbeugte, ein wenig erschöpft, aber glücklich, wie damals, als sie ihm so nah gewesen war, wie niemand je zuvor. Er mußte feststellen, daß sich die Wunde nicht mehr schließen ließ, und daß diesem Gefühl nichts Süßes eigen war. Es war grausam. Und im Gegensatz zu den Opern nahm es kein Ende. Ihr ganzes Wesen störte ihn unentwegt.

Hildegard Obrist indes ging ihren bizarren Beschäftigungen nach. Sie las wahllos, was ihr in die Hände fiel, selbst alte Zeitungen; sie lernte für ein abtrünnig gewordenes Publikum Gedichte auswendig und memorierte Rollen, die man sie auf einer Bühne nie mehr spielen lassen würde; sie bewahrte ihre abgeschnittenen Haare, ihre Finger- und Zehennägel in großen Blechdosen auf. Sie hatte hin und wieder Erscheinungen und selbst viel Ähnlichkeit mit einem Gespenst. Sie wurde wunderlich. Da sie aber keinen Umgang mit anderen Menschen als mit ihrem Gatten und ihren ständig wechselnden Angestellten pflegte, fielen ihre Marotten kaum ins Gewicht.

Für ihren Mann brachte sie nun nicht einmal mehr jene mütterlichen Empfindungen auf, für die sie sich früher nicht selten in aller Öffentlichkeit gerühmt hatte. Daß Obrist zu ihr zurückgekehrt war, wie er einmal behauptete, nahm sie nicht zur Kenntnis, es war ihr gleichgültig, wie ernst es ihm damit war. Sie fühlte sich nicht verletzt, sondern frei. Er war, wie bislang, mal anwesend, mal verreist, meist abwesend. Eifersucht war ihr fremd. Ihr Elend rührte nicht von ihm und seiner romantischen Liebe zu der Stuttgarter Soubrette, wie sie sie ein wenig abfällig nannte. Sollte sie für Obrist je sentimentale Gefühle empfunden haben, erinnerte sie sich jetzt jedenfalls nicht mehr daran.

Das Ehepaar sprach nur das Notwendigste miteinander, was selten genug vorkam, da die Hausangestellten von Hildegard gründlich über ihre Pflichten unterrichtet waren und die des Ehepaars mithin auf ein Minimum beschränkt blieben. Sich aus dem Weg zu gehen, woran beiden lag, ließ sich leicht bewerkstelligen; sowohl das Haus in Tabarz als auch jenes in Weimar, wohin sich Hildegard immer seltener begab, waren weitläufig genug.

Sie standen zu unterschiedlichen Zeiten auf. Sie frühstückten getrennt, aßen auch abends nur selten gemeinsam – und schwiegen. Manchmal machte sich Obrist Vorwürfe, sie nicht mehr lieben zu können; tatsächlich mußte er sich überwinden, ihr ins Gesicht zu sehen. Noch schwerer fiel es ihm, ihr aufmunternd zuzulächeln. Aber lag ihr überhaupt etwas an einer Aufmunterung? Wie sehr sie sich verändert hatte, schien sie selbst nicht zu bemerken. Er vermutete, daß sie seine Anwesenheit nicht leicht ertrug, weil sie ihn verehrte und mit ihm litt, worin er sich täuschte. Sie verehrte ihn sowenig, wie sie Mitleid mit ihm empfand, und fühlte sich – was er nicht sehen konnte – erst etwas besser, wenn er Tabarz verlassen hatte. Kein Geräusch war ihr angenehmer, als das Geräusch sich entfernender Hufe, kein Anblick besänftigender als jener eines davonrollenden Wagens.

Weder Obrist noch die Hausangestellten hielten es in Tabarz lange aus; letztere wechselten in schneller Folge, was Hildegard weder aufzufallen noch zu belasten schien. Ein Comptoir versorgte sie anstandslos und unverzüglich mit immer neuen Köchinnen und Mamsellen. Es wurden keine Klagen laut; die Entlöhnung war angemessen. Es war das Schweigen, das auf dem Haus lastete (in dem selbstverständlich niemals Gesellschaften gegeben wurden), das ihnen das Leben dort so schwer machte.

Erst wenn Obrist verreist war, tauchte Hildegard an manchen Tagen aus dem Dampfbad ihrer Erinnerungen auf. Ob sie in diesen seltenen Augenblicken jemals Vergnügen an der Gegenwart empfand, hätte sie wohl selbst nicht zu sagen vermocht. Niemand fragte sie danach, es war niemand da, mit dem sie sich darüber hätte unterhalten können. So verbrachte sie den Rest ihrer Tage in den seichten Gewässern ihres stets abschweifenden Geistes.

Ein Jahr nachdem ihr Mann seine Geliebte erschossen hatte, feierte sie ihren 55. Geburtstag. An diesem Tag legte sie ein kleines, scharfes Messer auf ihr Nachttischchen neben Shakespeares Gesammelte Werke. Sie hatte noch einiges vor, denn bislang war es ihr nicht vergönnt gewesen, in einem seiner Stücke aufzutreten. In den folgenden Jahren, so erzählte man sich, schnitt sie sich mit diesem kleinen, scharfen Messer nach und nach die einzelnen Glieder ihrer Finger ab. Alle Versuche, auf die Bühne zurückzukehren, schlugen fehl. Ihr Name war inzwischen selbst in Weimar vergessen. Ihre Rollen von einst wurden längst von anderen gespielt.

Seine Überzeugung, Anna werde eines Tages ihre Ansichten bezüglich einer Verbindung mit ihm ändern – und diese aus freien Stücken von neuem aufnehmen wollen –, sowie seine durch nichts begründete Gewißheit, eine glückliche Fügung werde ihm binnen kurzem zu einer neuerlichen Anstellung als Kapellmeister verhelfen, zogen ihn immer wieder nach Stuttgart. Obrist hielt daran fest, Anna dereinst wie einen versenkten Schatz bergen und besitzen zu können. Wenn seine Überredungskünste erfolglos gewesen waren, so vermochten sie vielleicht seine Beharrlichkeit, sein stilles, beinahe unauffälliges Leiden, seine dienende Anwesenheit im Orchestergraben zu überzeugen. Wenn er ihr nah sein wollte, mußte er sich noch einmal um eine Kapellmeisterstelle bewerben.

Er hoffte auf ein Angebot seitens der Hofopernintendanz. Die Chancen standen aber nicht gut. Obrist hatte während seiner insgesamt sechs Jahre dauernden Stuttgarter Operntätigkeit zwar seine Verläßlichkeit, nicht aber seine künstlerische Unentbehrlichkeit unter Beweis zu stellen vermocht. Im übrigen hatte sein Verhalten in der Öffentlichkeit Anlaß zu Klagen gegeben und nicht nur seinem eigenen, sondern auch dem Ruf des Opernhauses Schaden zugefügt (der bereits durch frühere Skandale um Anna Sutter gelitten hatte). Eine Wiederholung solcher Vorkommnisse war unerwünscht. Er selbst war unerwünscht.

Stuttgart, den 4ten Juli 1910

Er aber vergaß sie nicht. Weil er nicht aufgab, hatte sie sich schließlich sogar seine Besuche im Theater verbeten. Dazu aber besaß sie natürlich keine Befugnis. *authority* Wenn sie sich einmal auf einer Gesellschaft trafen, vermied sie es, ihm allein unter die Augen zu treten. Einmal erzählte sie mir beim Frühstück, als ich gerade abräumte: »Gestern kroch er wieder herum. Gestern hat er mich wieder angebettelt. Ich mag ihn nicht mehr sehen!« usw. Ich wußte natürlich gleich, wen sie meinte.

Selbst wenn er um die Vergeblichkeit seiner Bemühungen gewußt hat, war er unfähig, danach zu handeln und sich zurückzuziehen. Irgendeine böse Macht zwang ihn dazu, immer das Falsche zu tun, das Falsche für sich und gewiß das noch viel Falschere, um sie zurückzugewinnen. Er liebte sie eben so innig, aber auch so ganz anders, als sie je einen Mann lieben konnte. Hätte sie ihn nur einen Tag ein bißchen so geliebt, wie er sie liebte, es wäre eine schöne Liebesgeschichte gewesen, und sie hätte, auch wenn sie zu Ende gegangen wäre, nicht dieses Ende genommen.

Paulines Hoffnung, es werde durch einen Wink des Schicksals die Bedrohung abgewendet (die sie insgeheim sehr stark empfand) und alles wieder gut, hielt nicht lange an, wenngleich aus Annas Schlafzimmer zunächst weder Stimmen noch Geräusche drangen. Es war am Ende gerade jene unnatürliche Lautlosigkeit, die sie stutzig und schließlich ängstlich machte – und dann aus ihren Träumereien riß. Jenseits der Tür wurde nicht freiwillig geschwiegen.

Heid fragte: Sie hat tatsächlich nicht um Hilfe gerufen? Pauline sagte: Sie haben sie nicht gekannt. Es war nicht ihre Art, um Hilfe zu rufen. Sie hat sich vielleicht gewehrt, aber um Hilfe gerufen hat sie nicht. Heid fragte: Womit erklären Sie sich das? Mit ihrer Charakterstärke? Pauline sagte: Sie haben Sie wohl nie als Carmen gesehen, habe ich recht? Heid sagte: Ich habe sie überhaupt nie auf der Bühne gesehen. Pauline sagte: Aber ich. Und dort liegt der Schlüssel. Heid sagte: Der Schlüssel? Ich verstehe Sie nicht. Pauline sagte, und es war ihr Ernst, obwohl sie keinerlei Beweise dafür hatte: Ich glaube, sie hielt sich in diesem Augenblick für Carmen. Und nach einer kurzen Pause fügte sie fast ungläubig hinzu: Und er, wer weiß, vielleicht für Don José. Heid fragte: Dann sagen Sie mir aber auch, was mit Carmen geschieht? Pauline sagte: Soll das heißen, daß Sie die Oper nicht kennen? Heid sagte: Jawohl. Das soll es heißen. Ich gehe nie in die Oper. Pauline sagte: Da haben Sie aber etwas verpaßt. Er wandte den Kopf zur Seite, dann sah er ihr direkt in die Augen. Pauline sagte: Carmen, die Zigeunerin, rückt keinen Millimeter von ihrem Standpunkt ab. Carmen bleibt fest. Don José, ihr früherer Liebhaber, droht, bettelt, will, daß sie zu ihm zurückkehrt, aber sie bleibt fest, um nicht zu sagen stur. Don José fleht und bittet sie, ihren neuen Liebhaber, den Stierkämpfer Escamillo, zu verlassen und zu ihm zurückzukehren. Um ihrer einstigen Liebe willen. Sie lacht ihn nur aus. Sie will nichts davon wissen. Sie will nichts von ihm wissen. Es weichet Carmen keinem Gebot, frei will sie sein, ja, frei, selbst noch im Tod. José fleht, dann droht er ihr. Dann bringt er sie um. Er kann nicht anders. Sie stirbt vor der

Stierkampfarena. Drinnen hört man die Leute ihrem neuen Liebhaber, dem Stierkämpfer, zujubeln, der noch nicht weiß, daß Carmen aus Eifersucht getötet wurde, weil ihr die Freiheit wichtiger als das Leben war. Das ist nichts für uns einfache Mädchen, auch wenn wir es wohl zu verstehen versuchen. Es ist halt eine Oper. Lieber nimmt sie den Tod in Kauf, als daß sie ihre Meinung ändert. Das wäre ja gelacht, sagt sie sich, und lacht ihn aus. Carmen ist eigensinnig, und das Sutterle war es auch. Aber daß sie so mitleidlos sein könnte, hätte ich nicht gedacht. Sie war doch nicht Carmen. Sie spielte sie nur. Aber jetzt, jetzt war sie's wohl doch. Jetzt wußte sie nicht mehr, wer sie war. Auf der Bühne stand das Sutterle auf, nachdem der Vorhang gefallen war, um sich zu verbeugen. Diesmal gibt es keine Verbeugungen, keine Blumen und kein Publikum, das sie wieder und wieder vor den Vorhang holt. Sie hat die Zahl der Vorhänge immer gezählt. Spätestens am nächsten Morgen berichtete sie mir, wie viele Vorhänge es gewesen waren. Das ist mein wahrer Lohn, sagte sie. Der Vorhang ging zu, und dann ging er wieder auf. Aber diesmal ging er nicht zu, und er geht nicht mehr auf. Es gibt keinen Vorhang, keinen Applaus, keine Blumen, gar nichts.

Und dann – nach einer kurzen Pause – sagte Pauline, ganz unüberlegt: Sie war ja so verrückt wie er.

Jamais Carmen ne cédera
Libre elle est née, et libre elle mourra!

Niemals wird Carmen weichen
Frei wurde sie geboren und frei wird sie sterben!

Wie viele Male hatte sie Anna nicht nur an jenen Tagen, an denen sie abends die Carmen sang, die Partie repetieren hören. Allein im Salon, allein am Klavier, ging sie die Rolle durch, wobei sie nur mit halber Stimme sang, um sie zu schonen, markierte, wie es heißt. Fragen stellte sie keine. Carmen kennt nur die Antwort. Für Fragen hat sie keine Zeit und keinen Sinn. Was du verlangst, es ist unmöglich, fern von mir ist Heuchelei, es bleibt mein Herz unbeweglich, und zwischen uns ist es vorbei. Und was mein Los auch sei, zwischen uns ist es vorbei. – Klavier, Klavier, Klavier; erneuter Einsatz Carmen: Nein, all dein Flehen ist vergebens, mag mir Tod auch künden dein Blick, und wär's das Ende meines Lebens, nein, nein, ich weiche keinen Schritt zurück.

Oh, Pauline kannte das alles auswendig, sie hatte es so oft und stets mit dem größten Vergnügen an Sutterles silberner Stimme gehört, die das feine Porzellan in den Schränken zu vernehmlichem Flüstern zu bringen vermochte: Nein, all dein Flehen ist vergebens, mag mir Tod auch künden dein Blick, und wär's das Ende meines Lebens, nein, nein, ich weiche keinen Schritt zurück. Während sie sich in der Küche aufhielt und die vom Sutterle bevorzugten leichten Mittagessen vorbereitete (viel Gemüse, wenig Fleisch, und wenn, dann vorzugsweise Geflügel oder Kaninchen), drang ihre Stimme durch die offene Tür, und dann wurde auch sie, Pauline, Porzellan, zerbrechlich und leicht zu erschüttern.

Wie dankbar war ich dann, Anstellung im Paradies gefunden zu haben, denn sie sang wie ein Engel.

Staunend betrachtete der Polizeiinspektor Pauline, die plötzlich verstummte und dann die Lippen öffnete und schloß – und ganz leise zu singen begann. Jetzt klang in ihren Ohren gewiß Annas Stimme am Morgen. Heid hatte nicht das Herz (und nicht, noch nicht, die Kompetenz), diesen nachhaltigen, traurigen Gesang zu unterbrechen, das Echo von Annas Stimme, denn wenngleich Paulines Stimme alles andere als schön war, war sie doch wie ein ungeschliffener Stein, aus dessen Innerem die Eigentümlichkeiten von Anna Sutters Stimme, wenn auch nur stumpf und glanzlos, erstickt erklangen, der Atem, das Legato, das Portamento, die Art, Pausen zu setzen, zu phrasieren.

Lasse mich. Lasse mich. Lasse mich, sang sie leise und machte eine Pause – Klavier, Klavier –, lasse mich, Don José, ich kann nicht mit dir ziehn, sang sie leise und machte eine Pause – Klavier, Klavier. O ja, sie hörte es. Ich lieb' ihn. Und selbst im letzten Augenblick sag ich's laut: Er nur ist all mein Glück, sang sie und wartete – Klavier, Klavier, Klavier – auf seine Antwort und sang: Nein, nimmermehr und wartete – Klavier, Klavier –, bevor sie weitersang: Wohlan, so töte mich oder gib frei die Bahn – Klavier, Klavier –, und dann: Fort fort! Da nahm sie seinen Ring vom Finger und warf ihn ihm zu Füßen, und nie blieb er liegen, immer rollte er über die Bretter zur Rampe und zu den Lichtern, und manchmal versank er in einer der Ritzen, und dann, bevor sie starb, sang sie, mein liebes Sutterle (jetzt rannen die Tränen ungehemmt über Paulines Wangen): Diesen Ring, den du einst als Liebespfand gegeben, da! Das war ihr Schluß. Dann dauert die Oper nicht mehr lange. Da hat er seinen Dolch längst gezückt und ersticht sie und singt: Nun denn, so stirb. Fünfmal habe ich sie als Carmen gesehen, öfter als die meisten außer dem Kapellmeister und dem Tenor und den Chorsängern, und nicht so oft wie Obrist, und immer durfte ich in der ersten Reihe sitzen. Sie war so schön, bevor sie starb. Und wie sie starb! Allein, wie sie zu Boden sank! Wie sie sich wand und starb, zu seinen Füßen, in ihrem Blut.

Pauline weinte, und deshalb legte Polizeiinspektor Franz Heid seine Hand auf ihren Arm. Seiner Berührung wich sie nicht aus. Sie zuckte nur ein wenig zusammen, weinte jedoch genauso hemmungslos weiter. Das Glück, das sie bei der Erinnerung an Annas Carmen empfunden hatte, hielt nur noch einige Augenblicke an, dann entschwand es. Es war vorbei. Sie würde das Sutterle nie mehr als Carmen sehen, nur manchmal noch aus weiter Ferne hören.

Heid fragte: Und was geschah dann?

Doch bevor sie weitersprechen konnte, mußte Pauline sich sammeln, sich beruhigen, sich schneuzen. Das war insofern schwierig, als sie nicht die Absicht hatte, sich der großen Hand zu entziehen, die immer noch auf ihrem warmen, ein wenig feuchten Arm lag.

Aloys Obrist schrieb seine Opernkritiken nicht aus wirtschaftlicher Notwendigkeit; er tat es zum einen, um Anna Sutter so oft wie möglich zu sehen, und zum anderen, weil er davon ausging, daß sie seine öffentlichen Bekundungen nicht nur lesen, sondern auch als das verstehen würde, was sie waren (und als was jeder Eingeweihte sie leicht zu entschlüsseln vermochte): Liebeserklärungen, Hilferufe, Botschaften.

Nichts und niemand – hatte er denn Freunde in Stuttgart? kein Name ist überliefert –, nichts und niemand hätte ihn davon abhalten können, Anna zu sehen, und sei es nur auf der Bühne. Im Theater war er der Angebeteten nah; nähern durfte er sich ihr aber nicht. Das konnte sie verhindern. Das Hausverbot, das sie gegen Obrist anzustrengen versuchte, obwohl er sich seit seiner privaten Rückkehr nach Stuttgart ganz ruhig verhielt, ließ sich zwar nicht durchsetzen, aber natürlich verstand sie es, Barrieren anderer Art zu errichten, um ihn sich vom Leib zu halten.

Er ging in die Oper, wann immer sie auftrat, und schrieb darüber, wann immer man ihm die Gelegenheit dazu bot. Hatte es der Referent einer Zeitung verabsäumt, gewisse Aspekte von Anna Sutters künstlerischer Leistung in der einen oder anderen Rolle hervorzuheben, oder hatte er sich gar erdreistet, diese zu bemängeln, so schrieb Obrist erbitterte Briefe, in denen er eine Richtigstellung zu erzwingen versuchte.

Anna Sutter, so Obrist, sei eine über jede Kritik erhabene, großartige Künstlerin. Vorwürfe, die gegen ihr Können erhoben wurden, was selten geschah – und die sie, wie er wußte, zu ihrem eigenen Schutz möglichst zu ignorieren versuchte –, nannte er ungerechtfertigt, ja ungerecht, vorwitzig und dumm, das Murmeln von Ignoranten. Er verlangte von diesen Kritikern, ihre Verleumdungen zurückzunehmen und die Künstlerin, wie es sich gehöre, coram publico um Vergebung zu bitten. Er schickte Durchschriften seiner Briefe an Anna Sutter (die sie nicht las); veröffentlicht wurden nur wenige. Indem er ihre Ehre zu retten versuchte, die in Wirklichkeit niemals auch nur angetastet wurde, stellte er sich selbst öffentlich bloß.

Der Ärmste, Verblendete mache sich ihretwegen vor

sich selbst und vor der ganzen Welt lächerlich, sagte Anna Sutter eines Tages zu Pauline. Wenn er nur wüßte, wie wenig er ihr, ach nein, daß er ihr gar nichts mehr bedeute, vielleicht, so Anna, würde ihn dieses Wissen von seiner Liebeskrankheit, von seiner Liebestollheit heilen. Unsere Liebe war heftig, aber viel zu kurz, viel zu oberflächlich, zu luftig für mich, als daß sie Wurzeln hätte schlagen können. Bei mir jedenfalls nicht, hatte Anna zu Pauline gesagt, und diese wiederholte es am Tag ihrer ersten Begegnung mit Polizeiinspektor Heid, dem Mann, den sie drei Monate später heiraten sollte.

Ihrerseits, hatte Anna Sutter gesagt, sei nichts, weder eine Narbe noch ein Funke Zuneigung zurückgeblieben. Sie träume nie von ihm, sie erinnere sich erst an ihn, wenn sie ihn sehe, insbesondere wenn sie ihn beim Applaus erblicke, was zwangsläufig immer dann der Fall sei, wenn er in einer der vorderen Reihen sitze. Dann hasse sie ihn nicht, verachte ihn auch nicht, bemitleide ihn aber von ganzem Herzen, und das sei ja noch schlimmer als alles andere. Verachtung sei lebendig, heiß, Mitleid aber kalt und tödlich.

Sie habe seinen Blick auf sich gespürt, sobald sie die Bühne betrat. Als ob er es darauf angelegt hätte, ihre Ruhe zu stören. Sie habe sich von seinen Blicken verfolgt gefühlt. Dennoch trafen Annas wiederholte Bitten auf taube Ohren: Baron zu Putlitz ließ sich nicht dazu überreden, ein Hausverbot gegen Obrist auszusprechen.

Es wird noch eine Weile dauern, bis seine Wunde

sich geschlossen hat, hatte sie einmal gesagt, und Pauline hatte gedacht: Wenn du nur recht behältst.

Auf den Tag fast genau zwei Monate vor seiner Bluttat richtete Obrist einen Brief an den Intendanten der Stuttgarter Hofoper, in welchem er seinen Hoffnungen und Aspirationen auf eine Anstellung Ausdruck verlieh.

Eugenstraße 7 ^{II} Telef. 8838
22. 4. 1910

Verehrte Exzellenz!
Darf ich Ihnen, um nichts zu versäumen, folgende Angelegenheit vortragen.
Zunächst eine Vorfrage: Schillings' unerwartete Erkrankung erfuhr ich gestern, und so kam mir ganz von selbst die Erinnerung an seine, mir vor wenigen Tagen in Ihrem Auftrag gegebene Erklärung in den Sinn, ich möge die Übernahme des »Siegfried« als definitiv ansehen. Ich sprach mit niemandem darüber, war aber außerordentlich glücklich über diese Gelegenheit, meine so törichter Weise a priori »nur auf ein Jahr« wiederaufgenommene Dirigententätigkeit wenigstens einmal wieder an so vertrauter Stelle wieder auszuüben und mich so wieder musikalisch »entladen« zu können.
Wenn ich recht unterrichtet bin, ist aber der Ring dem T. übertragen worden. Ist daran nichts zu ändern? (Zumal T. ihn hier nie dirigiert hat und wohl Orchesterproben braucht.)
Ist es unbescheiden, wenn ich gestehe, daß ich es für

das Naheliegendste in der Welt und auch für das künstlerisch Einwandfreieste halten dürfte, wenn ich den Ring übernehme?

Vielleicht hatten Sie aber Bedenken, daß ich eventuell als Rezensent tätig sein wollte? Nun, wenn Sie gesagt hätten: Ring dirigieren, aber Rezensentenpläne aufgeben, so hätte ich sofort dasjenige gewählt, wonach ich offen gestanden hungere, und nicht das, was von vornherein nur ein accessorischer Teil meiner hiesigen freiwilligen Tätigkeit sein sollte, weil ich aber auch das »kann«.

Schon in den zwei ersten Monaten meines damaligen Wiedereintritts hier (ich betone diesen Zeitpunkt aus besonderen Gründen) habe ich es bitter bereut, mich a priori gegen eine längere Wiederaufnahme meiner Tätigkeit ausgesprochen und selber meinen Nachfolger eingeladen zu haben.

Es ging mir alles so ungleich leichter, flüssiger, künstlerisch reifer vonstatten, daß ich kaum eine so glückliche Zeit meines Künstlerlebens kenne, als jene war.

Nun ist es begreiflich, daß ich bei Schillings' immerhin nicht ganz unbedenklichen Leiden an die Möglichkeit denke, daß er vielleicht auch nächste Saison oder länger pausieren will oder muß. In diesem Falle möchte ich, um nichts zu versäumen, Sie bitten, die Frage der Besetzung des ersten Kapellmeister-Postens nicht zu erledigen, ohne mir gestattet zu haben, mit Ihnen über eine eventuelle Übernahme zu sprechen. Ich darf es wohl für künstlerisch, insbesondere auch aus praktischen Gründen für sehr naheliegend halten, daß es wohl eine große Erleichterung für ein Institut ist, eine beim eigenen Brotherrn, Personal, Publikum und Presse akkreditierten und nebenbei nicht zu teuren Dirigenten ohne weiteres zur Verfügung zu haben.

Das einzige Bedenken, das von mancher Seite vorgebracht werden könnte, darf ich wohl offen berühren: nämlich etwaige Besorgnisse wegen dem Fall A.S. (Besorgnisse, die oft so weit gegangen sind, mir die jederzeit völlig verschlossene und unmögliche Absicht einer Heirat mit der Dame zu unterstellen!)

Darf ich diese Besorgnisse mit folgenden Argumenten zerstreuen?

Selbst wenn die Beziehungen noch bestünden, so habe ich einen erheblichen Teil der Saison 07/08 auf der allerstrengsten Objektivität bestanden, da ich, ganz besonders innerhalb des Dienstes, jeden Schatten einer Parteilichkeit sowie einer Vertraulichkeit in der tadellosesten und loyalsten Weise vermieden habe, und das zwar in der gefährlichsten Zeit der heißesten ersten Leidenschaft beiderseits.

Dasselbe Verhalten würde ich erst recht gewährleisten bei den begreiflicherweise erkalteten Beziehungen, die vorliegen müssen. Gefahren der Gelegenheitsgabe zur Indiskretion sind, zumal nach Erfahrungen, die ich privatim in dieser Hinsicht gemacht, ein für allemal ausgeschlossen.

(Übrigens: Wenn Besorgnisse irgendwelcher Art bestünden, so würden sie auch gelten, ohne daß ich am gleichen Institut wirkte, ja wohl noch viel mehr und weit gefährlicher, da nicht kontrollierbar!)

Ich bitte diese im Vertrauen erfolgenden Mitteilungen wohlwollend zu erwägen; eine Lösung in meinem Sinne würde, wenn man alles in allem meine hiesigen

Leistungen nimmt, vielleicht nicht unverdient sein und ein großes Glück für mich bedeuten und (ganz privatim gesagt) eine ersehnte seelische Ablenkung von manchen, seit Jahren unabwendbaren, doch nicht gleichgültigen Erlebnissen familiärer Natur.

Euer Exzellenz in treuer Verehrung ergebener

Dr. Aloys Obrist

Eine Antwort auf diesen Brief ist nicht erhalten. Es ist aber mit Sicherheit anzunehmen, daß sie erfolgte. Baron zu Putlitz dachte nicht daran, Aloys Obrist ein weiteres Mal an seinem Haus zu beschäftigen, und er ließ es sich gewiß nicht entgehen, ihm dies postwendend mitzuteilen.

»Ich liebe dich nicht mehr, du verlangst von mir das Unmögliche. Ich liebe dich nicht mehr: du liebst mich noch, und deshalb willst du mich töten. Ich könnte dich noch eine Weile belügen; aber ich will es nicht einmal versuchen. Zwischen uns ist alles aus. Als mein Rom hast du das Recht, deine Romi zu töten; aber Carmen wird immer frei sein. Als Calli wurde sie geboren, als Calli wird sie sterben.«

Ich warf mich ihr zu Füßen, ich ergriff ihre Hände, ich netzte sie mit meinen Tränen. Ich rief ihr all die glücklichen Augenblicke in Erinnerung, die wir gemeinsam erlebt hatten. Ich bot ihr an, Bandit zu bleiben, um ihr zu Gefallen zu sein. Alles, Monsieur, alles. Ich bot ihr alles an, damit sie mich nur weiter liebte.

Sie sagte: »Ich kann dich nicht mehr lieben, unmög-lich. Mit dir leben will ich nicht mehr.«

IX

Gegen drei Uhr morgens stand Kroll vor Weitbrechts Haus, in dessen Erdgeschoß sich die Werkstatt des Künstlers befand. Erst drei Wochen zuvor hatte dieser seinem jungen Assistenten einen Schlüssel ausgehändigt, der es ihm erlaubte, auch in Weitbrechts Abwesenheit nach Belieben in dessen Atelier ein und aus zu gehen.

Kroll nahm den Schlüssel aus seiner Jackentasche, steckte ihn ins Schloß und drehte ihn vorsichtig um. Die langsame Drehung verursachte nichts weiter als ein leises Knirschen. Niemand hatte ihn kommen sehen, niemand sah ihn eintreten, niemand vermutete ihn hier.

Das Künstleratelier präsentierte sich in vagen Umrissen; die zahlreichen Gegenstände, die ohne Ordnung darin herumstanden, hatten im Dunkeln ihre Formen so stark verändert, daß Kroll jene, die er überhaupt sah, nur mit Mühe und einige gar nicht wiedererkannte. Da die Lichtverhältnisse selbst im Winter tagsüber günstig waren und weder Weitbrecht noch sein Assistent nach Einbruch der Dämmerung zu arbeiten pflegten, hatte Weitbrecht es bislang nicht für nötig gehalten, seine Werkstatt im Gegensatz zum Wohnhaus elektrifizieren zu lassen. Zwei Petroleumlampen genügten seinen Bedürfnissen und den Anforderungen seiner jeweiligen Helfer.

Kroll hatte natürlich nicht die Absicht, eine der Lampen anzuzünden. Wollte er auch weiterhin keine Aufmerksamkeit auf sich ziehen, mußte er sich wohl oder übel ohne Licht zurechtfinden. Noch konnte er nicht wissen, daß man seinen nächtlichen Besuch, der strenggenommen zwar kein Einbruch, aber gewiß auch nicht erwünscht war, längst bemerkt hatte.

Er durchquerte den Vorraum, wich den verhüllten Büsten, Modellen und maßstabgetreuen Denkmalentwürfen aus, von denen etliche nie vollendet werden und andere vollendete das Licht der Öffentlichkeit nie erblicken würden, und strebte dem letzten der vier ineinander übergehenden gewölbten Räume zu, wo jene Totenmasken aufbewahrt wurden, die von ihren Auftraggebern entweder noch nicht abgeholt oder vergessen worden waren oder ihrer Überarbeitung harrten. Sie lagen in einer Reihe auf einem aufgebockten, etwa drei Meter langen ungehobelten Brett, auf welches Kroll jetzt zutrat.

Mondlicht fiel durch eines der hochgelegenen Fenster flach auf ein Dutzend regloser Gesichter; der einzige weibliche Kopf war unschwer zu erkennen, da er, als jüngste Arbeit, den Abschluß der Reihe bildete: Anna Sutters Maske.

Kroll blieb davor stehen. Er betrachtete das Gesicht der von der Erde verbannten Schläferin, die ihm nun, da er sich endlich über sie beugte, nichts anderes zu sagen wußte, als daß ihr nichts zu sagen übrigblieb. Es war alles getan und alles gesprochen. Ihre aufgeworfenen Lippen, auf denen sich nicht der leiseste Vorwurf erhob, blieben geschlossen, und auch ihre niedergeschlagenen Augen öffneten sich nicht; es waren die einer Träumenden, die das Erwachen nicht fürchtete. Anna hatte sich nur hingelegt. Bald würde sie aus dem Schlaf erwachen.

Jetzt fiel hinter ihm etwas zu Boden. Aber es zerbarst nicht. Hatte man ihn also doch beobachtet? Er war nicht allein. Nur kurz dachte Kroll daran, sich zu verstecken. Doch er blieb vor dem Brett und vor Annas Maske stehen. Er hatte nichts zu befürchten, er tat nichts Unrechtes. Was auch immer Weitbrecht von seinem nächtlichen Besuch halten mochte, Kroll hatte sich nicht widerrechtlich Zutritt verschafft.

Er sah Weitbrechts Erscheinen und seinen Auslassungen über verletzte Rechte und überschrittene Kompetenzen gleichmütig entgegen. Der Tadel würde wie immer folgenlos bleiben, denn zum einen war Weitbrecht auf ihn angewiesen, zum anderen war er nicht nachtragend; wer ihn nicht näher kannte, konnte ihn sogar für vergeßlich halten.

Doch zu seiner Verwunderung war es nicht Weitbrecht, sondern dessen Frau, die nun geräuschlos hinter ihn trat und, ob aus Pietät oder um ihn nicht unnötig zu erschrecken, mit tonloser Stimme fragte: Was suchen Sie hier?

Kroll antwortete ebenso leise: Ich hoffe, ich habe Sie nicht erschreckt, ich hoffe, Sie haben mich nicht für einen Einbrecher gehalten. Ich wollte weder Sie noch ihren Mann erschrecken und muß mich entschuldigen, aber – er stockte – es mußte sein.

Sie gab nicht zu erkennen, wofür sie ihn hielt, ob er sie erschreckt hatte, ob sie seine Entschuldigung annahm, ob sie gar ahnte, was ihn mitten in der Nacht hierhergeführt hatte. Daß es sich nicht um eine liegengebliebene Arbeit handelte, verstand sich bei der fehlenden Beleuchtung von selbst. Ja, sie ahnte es, davon war er überzeugt.

Ich mußte sie noch einmal sehen, sagte er schließlich.

Es war zwar dunkel, aber er sah oder spürte vielmehr, daß sie nickte. Er zweifelte nicht an ihrem Verständnis. Der Umstand, daß er sich um diese ungewöhnliche Zeit unaufgefordert Zutritt zu ihrem Haus verschafft hatte, schien ihr jedenfalls nicht der Rede wert.

Er versuchte, mehr von ihrem Gesicht zu sehen, mehr von ihren Augen, doch es war zu dunkel, und sie machte keine Anstalten, sich ihm und der Maske zu nähern, vor der er stand, die sie bereits zu kennen schien, der sie keinerlei Aufmerksamkeit schenkte; nein, die Blicke hinter seinem Rücken waren auf ihn gerichtet.

Er hatte sich über Weitbrechts Frau, die er nur ein einziges Mal aus einiger Entfernung (sie stand auf dem Balkon des Hauses, er im Hof) und lediglich von der Seite gesehen hatte, bis zu diesem Augenblick keine Gedanken gemacht. Jetzt, da er ihr zum erstenmal begegnete, wurde ihm bewußt, daß er sich offenkundig doch eine undeutliche Vorstellung von ihr gemacht hatte. Diese beinhaltete, daß die Gattin irgendwie zu ihrem Gatten paßte. Das aber war, wie ihm schien, nicht der Fall, und nicht allein deshalb, weil sie offenbar erheblich jünger war als er. Später konnte er sich nicht erinnern, was sie getragen hatte, ob bloß ein Nachthemd, ob einen Schlafrock oder ein Kleid. Er spürte nicht einmal ihren Atem. Die Luft bewegte sich nicht. Es war, als wäre, was er sich nicht erklären konnte, nur ein Teil ihres Wesens zugegen.

Sie ließ ihm keine Zeit, sich in ihren Anblick und in Gedanken zu vertiefen, die um sie kreisen mochten. Eitel war sie nicht. Wenngleich sie sich im Hintergrund hielt, glaubte er zu erkennen, daß auch sie von dem reglosen Gesicht, das vor ihm lag, gefesselt war.

Sie sagte: Wir waren einander sehr nah. Er zuckte zusammen. Das ist nun wieder lange her.

Sehr nah? Inwiefern nah, wollte er fragen, aber sie ließ ihn auf ihre sanfte Art nicht zu Wort kommen.

Warum, fragte sie, sind Sie hierhergekommen? Sie haben sie nie auf der Bühne gesehen, Sie sind ihr nie begegnet, Sie hätten sich niemals in sie verliebt, woher dieses plötzliche Interesse? Es ist zu spät.

Endlich gelang es ihm zu sprechen. Er sagte, er wisse es selber nicht. Aber sehen mußte ich sie, fügte er hinzu. – Aber was sehen Sie da? Einen Gipskopf. Es ist der Tag gekommen, da wird die Sonne finster werden wie ein schwarzes Tuch.

Als er sich umwandte, war sie verschwunden.

Als sich Kroll am nächsten Tag, es war genau ein Uhr, bei Weitbrechts Frau – Weitbrecht selbst war, wie er wußte, in Geschäften abwesend – für die nächtliche Störung entschuldigen wollte, öffnete ihm eine Fremde die Tür. Während er die untersetzte, rundliche Frau zunächst für eine Bedienstete hielt, erkannte sie ihn sofort: Sie sind Herr Kroll, der Student meines Mannes, rief sie aus und machte Anstalten, ihn hereinzubitten. Er ist aber leider nicht da. Möchten Sie etwas trinken, eine Tasse Tee oder lieber eine Limonade? Es ist ja so warm. Ist Ihnen nicht wohl? Sie sind ja ganz blaß.

Er wich einen Schritt vor ihr zurück. Eine unbeabsichtigte und natürlich äußerst unhöfliche Reaktion, die ihr nicht entging. Das war nicht jene Frau, die ihn in der vergangenen Nacht im Atelier überrascht hatte.

Selbst die Erinnerung verwehrte ihm einen Blick auf die nächtliche Erscheinung. Diese war gänzlich in die Dunkelheit seines unzuverlässigen Gedächtnisses eingegangen.

Was haben Sie denn, ist Ihnen übel, fragte Amalie Weitbrecht.

Sagte er nichts, oder hörten Sie nichts?

Schritte auf dem Flur, die sich der Küchentür näherten, sich dann wieder entfernten, veranlaßten Heid, seine Hand zurückzuziehen.

Sagte er nichts? wiederholte er etwas lauter (und sagte sich, in ein paar Wochen werden wir, ich bin ganz sicher, in einem anderen Zimmer, eng umschlungen, gemeinsam über unsere einstige Unsicherheit lachen).

Heid sagte: Es ist kein Verbrechen, es ist eine Pflicht, in einem solchen Augenblick an Türen zu lauschen, denn das Leben deines Brotgebers kann davon abhängen. Sagte er nichts, oder konntest du nichts hören? Daß er sie duzte, bemerkte sie, ohne sich daran zu stoßen.

Nach kurzem Zögern sagte Pauline: Ja, später hörte ich ihn flüstern. Heid fragte: Was? Pauline sagte: Nichts, das für unsere Ohren bestimmt wäre. Heid drang nicht weiter in sie, weil er wußte, daß es zwecklos gewesen wäre, Dinge von ihr erfahren zu wollen, die sie ihm verschweigen mußte.

Kurze Zeit später erzählte Pauline: Ich wußte, daß aus ihr die nackte Angst sprach, als sie ihm sagte, er müsse gehen, gehen! Er sagte, es werde ein Unglück geschehen. Sie wiederholte: Nein, kein Unglück, beherrscht, kühl, aber sie versuchte bloß, ihn zu täuschen. Hätte sie ihm zu verstehen gegeben, daß sie sich fürchtete, er hätte sie nicht angerührt. Willst du mich damit etwa erschrecken? Auch das sagte sie teilnahmslos, ohne Leidenschaft. Vielleicht hatte er da schon seinen Revolver gezogen. Sie nahm ihn nicht ernst. Sie sagte: Warum denn jetzt so schrecklich melodramatisch, Aloys? Das paßt nicht zu dir! Und es paßt nicht zu mir. Und dann ironisch, wie es sonst wirklich nicht ihre Art war: Wir sind hier in der Stadt, nicht in der Oper. Danach lachte sie wieder, mit heller Stimme, etwa so, wie sie auf der Bühne lachte. Hinter so einem Lachen kann man sich verstecken. Dann faßte er sie an, das habe ich nicht gesehen, das könnte ich aber beschwören. Von diesem Augenblick an fiel kein Wort mehr zwischen ihnen. Aber dann rief sie nach mir!

Erneut streckte Heid seine Hand aus. Die Stimmen auf dem Flur hatten sich entfernt.

Aus zahlreichen Briefen, die sich in Obrists Nachlaß fanden, ging hervor, mit welch rührendem Eifer er jede Kritik der Tagespresse an den Leistungen Frl. Sutters als unberechtigt zurückwies. Dann veränderte sich der Inhalt dieser Briefe mit einem Schlag. Sie beschränkten sich auf rein Geschäftliches. Es war die Zeit, als Dr. Obrist seinen engsten Freunden glaubwürdig und auf Ehre versicherte, jede Beziehung zu seiner ehemaligen Geliebten abgebrochen zu haben. Es gab keinen Grund, seinen Beteuerungen zu mißtrauen.

Äußere Umstände – wie etwa Anna Sutters zumindest teilweise erfolgreichen Versuche, ihn nicht nur von sich, sondern überhaupt vom Theater fernzuhalten – beschleunigten die Katastrophe. Putlitz' Absage hat Obrist vermutlich Annas Einfluß zugeschrieben – und wohl nicht zu Unrecht; der Intendant wollte Ruhe an seinem Haus.

Alle Welt hatte sich gegen ihn verschworen. Mit seinen 43 Jahren schien er jede Aussicht auf ein erfolgreiches Berufs- und Privatleben aufgrund einer aussichtslosen Liebesaffäre verspielt zu haben.

In dem gerecht denkenden Mann begann sich ein düsterer, zerstörerischer Groll gegen die Urheberin dieser und anderer unverdienter Kränkungen zu regen; ein Tier, gegen das anzukämpfen er keine Kraft oder keinen Mut besaß. Er fühlte sich ohne eigenes Verschulden hintergangen und verraten.

Die Wut übermannte mich. Ich zog mein Messer. Ich hoffte, sie würde mich fürchten und um Gnade flehen, aber diese Frau war ein Dämon.

»Zum letzten Mal«, rief ich aus, »willst du bei mir bleiben?«

»Nein, nein, nein!«, sagte sie, stampfte mit dem Fuß auf und streifte den Ring vom Finger, den ich ihr geschenkt hatte, und warf ihn ins Gestrüpp.

Ich stach zweimal zu. Als ich zum zweiten Mal zustach, sank sie zu Boden, ohne aufzuschreien. Ich sehe noch, wie sie mich mit ihren großen schwarzen Augen anstarrte; dann wurden sie trübe und schlossen sich.

X

Wer von den Hunderten, die noch am Abend des 28. Juni ihrem Liebling Anna Sutter zugejubelt hatten, wie sie als lustige Mamzell Nitouche ihre kecken Lieder sang, hätte sich vorstellen können, daß sie schon wenige Stunden später auf so jähe und grausame Weise zu Tode kommen würde.

Im Hoftheater herrschte Bestürzung, die Abendvorstellung wurde abgesagt, und ganz im Bann des Dramas, das sich vormittags in der Wohnung der Künstlerin abgespielt hatte und von dem nur wenige Einzelheiten nach außen gelangten, drängten sich viele Menschen vor dem Theater. Die Feststellung des Tatbestandes, die sofort nach Bekanntwerden der Tragödie durch Polizeiinspektor Heid vorgenommen wurde, ergab laut der »Schwäbischen Kronik«, daß sich Dr. Obrist gewaltsam Zugang zur Wohnung verschafft und sich unverzüglich in den Salon und dann in das angrenzende Schlafzimmer der Künstlerin begeben hatte. Was dort der grausigen Tat voranging, erfuhr der Leser nur in Stichworten.

Fräulein Sutter hatte, so hieß es, nach der Zofe gerufen. Diese war erschienen, hatte sich dann aber aus noch unbekannten Gründen bald wieder entfernt. Während sich die Zofe im Salon aufhielt, waren in rascher Folge 7 Schüsse gefallen. Die Hinzueilende hatte die Künstlerin tot auf dem Bett liegend gefunden. Einer der beiden Schüsse, die ihre linke Brust durchbohrt hatten, war mitten ins Herz gedrungen, und so war sie auf der Stelle gestorben. Da die Leiche an den Armen Verletzungen aufwies, nahm man an, daß die Ermordete die Absicht des Täters erkannt und ihre Arme abwehrend gegen ihn erhoben hatte.

Ihr Mörder Dr. Obrist lag auf dem Teppich, mit 5 Schüssen in der Brust. Die Tat war mit einer Browningpistole verübt worden, die bekanntlich 6 Patronen im Magazin und eine im Lauf hat.

Dr. Obrist, so war weiter zu lesen, hatte also, nachdem er auf Frl. Sutter die beiden tödlichen Schüsse abgegeben hatte, sämtliche Patronen des Magazins auf sich selbst abgefeuert. Vom Tatort und der Lage wurden sofort durch einen Fahnder fotografische Aufnahmen gemacht. Noch am selben Nachmittag erhielt die Stuttgarter Staatsanwaltschaft den Bericht der Polizei.

Naturgemäß verbreitete sich die schreckliche Nachricht rasch in der ganzen Stadt, so daß sich bereits am frühen Nachmittag die ersten Neugierigen vor dem Haus der Ermordeten einfanden.

Die psychologische Deutung des tragischen Falles – so eine dem Verstorbenen nahestehende Persönlichkeit in der 31. Ausgabe der »Neuen Musikzeitung« – lag bei Anna Sutter einfach und klar. Die Rolle, die sie zu ihren besten zählte, hatte sie auch im Leben bis zum Schluß gespielt, hatte sie spielen *müssen*: die Rolle der Carmen, die ihr wie auf den Leib geschrieben schien.

»Und sei es auch mein letzter Augenblick« – dann fielen die Schüsse, die ihrem Leben ein allzu frühes Ende setzten. Sie hatte lieber darauf verzichtet, Frau Hofrath Dr. Obrist zu werden, als eine Ehe einzugehen, die, wie sie zweifellos richtig erkannt hatte, zum Unglück – wenngleich nicht zu einem tödlichen – führen mußte. Ihr Herz hatte bereits wieder einem anderen gehört.

Schwieriger sei das Problem *Aloys Obrist* zu deuten. Er, der gesellschaftlich korrekte, reiche, angesehene Mann habe sich – wie der anonyme Schreiber in Unkenntnis des wahren Sachverhalts behauptete – scheiden lassen, nur um Anna Sutter heiraten zu können. Er habe ihre Tochter adoptieren und, das sei der wichtigste Punkt, die Geliebte rehabilitieren, emporziehen, erlösen wollen. Eine Tragödie des Idealismus habe ein nahestehender Künstler den Fall Obrist genannt, und zwar zu Recht.

Man könne im übrigen davon ausgehen, daß Obrist in Stuttgart gelyncht worden wäre, hätte er sich nicht mit wahrhaft leidenschaftlicher Wut durch 5 Schüsse in Gegenwart der bereits Toten entleibt.

Die von dem auffällig gutgelaunten Polizeiinspektor Franz Heid durchgeführten Ermittlungen ergaben noch am selben Tag, daß Dr. Obrist am Nachmittag zuvor einige Gäste zu einem musikalischen Tee in seine Wohnung geladen hatte, um ihnen seine wertvolle Sammlung von Musikinstrumenten aller Zeiten und Völker vorzuführen; bald danach wollte er, laut eigenem Bekunden, verreisen.

Anna Sutter hatte er in der Nacht vom Samstag auf den Sonntag anläßlich einer Wohltätigkeitsveranstaltung zugunsten der Pensions-Anstalt des Hoftheaters zum letzten Mal gesehen. Im Anschluß an die Premiere von Franz Léhars »Zigeunerliebe« – einer jener von

Obrist verabscheuten Operetten, die sich in Stuttgart gerade Anna Sutters wegen so großer Beliebtheit erfreuten – hatte in den Anlagen des Theaters ein großes Gartenfest mit roter Lampionillumination stattgefunden, das allerdings bald ins Foyer verlegt werden mußte, da ein leichter Regen eingesetzt hatte und das kalte Büfett inzwischen leer gegessen war. Auf der Bühne wurde getanzt, im Foyer sowie in den Künstlergarderoben wurden Getränke ausgeschenkt, und so kam es, daß kurz nach Mitternacht Aloys Obrist plötzlich in Anna Sutters Garderobe stand, die als Gastraum hergerichtet war. Anna Sutter schenkte Sekt aus. Sie war noch im Kostüm, viele Bewunderer drängten sich um sie, man wollte ihr nahe sein, man konnte sie anfassen. Sie war sehr ausgelassen, zumal sich die Gäste als freigebig erwiesen. Sie trank aus fremden Gläsern.

Als Obrist sich ihr näherte, nahm sie nicht mehr Notiz von ihm als von irgendeinem anderen. Sie drückte ihm, wie jedem anderen auch, ein volles Glas in die Hand und steckte das Geld ein, das er ihr reichte. Obrist glaubte – oder hoffte –, sie habe ihn in der Menge nicht erkannt und machte auf sich aufmerksam, indem er ihre Hand ergriff. Anna entwand sich ihm. Er packte sie am Arm und sagte: Ich muß dich alleine sprechen. Sie antwortete: Kommt nicht in Frage! Und als wäre nichts, rief sie in die Runde: Hierher, meine Herren! Hier gibt es kühlen Sekt für einen guten Zweck! Und dann hatte sie sich endlich zu ihm gewandt, aber nur um ihm zu sagen: Die Wohltätige habe ich lange genug gespielt, damit ist jetzt Schluß. Geh nach Hause. Ich bin nicht mehr zu haben, das weißt du.

Unverzüglich verließ er ihre Garderobe. Sein Zorn

wog ebenso schwer wie der Schmerz, den sie ihm gerade zugefügt hatte. Der Umstand, daß er noch in derselben Nacht, kurz bevor er das Fest verließ, mehrere Personen für den übernächsten Tag zu einem musikalischen Tee in seine Wohnung einlud, mag (im nachhinein) zwar befremdlich erscheinen, gibt aber auch einen Hinweis darauf, daß die Tat nicht unbedingt von langer Hand vorbereitet war. Was sie ausgelöst hat, war vermutlich ein telefonischer Anruf, der ihn im Verlauf eben jenes Tees am 28. Juni gegen vier Uhr erreichte, als er, wie übereinstimmend berichtet wurde, gerade auf seiner neu erworbenen historischen Kirchenorgel improvisierte. Allgemein nahm man an – auch Heid war so lange davon überzeugt, bis er, spät genug, eines Besseren belehrt wurde –, Anna Sutter selbst habe ihn von ihrer Wohnung aus angerufen, um ihn noch einmal, ein letztes Mal, darum zu bitten, sie in Ruhe zu lassen. Bezeichnenderweise kam keiner der Anwesenden auf den Gedanken, irgend jemand anders könnte angerufen haben; man glaubte, nachträglich eine schlüssige Erklärung für sein in der Tat sehr merkwürdiges und auffälliges Verhalten im Anschluß an dieses Telefonat gefunden zu haben; ein Gespräch, das er in der Diele geführt hatte – also außerhalb der Hörweite seiner Gäste.

Warum aber hätte ihn Anna Sutter, die ihm am selben Tag bereits einen Brief zugeschickt hatte (von dem Heid Kenntnis hatte), auch noch anrufen sollen? Wer sie kannte, wußte, daß es nicht ihre Art war, sich mehr als nötig mit Dingen zu beschäftigen, die ihr lästig waren (und was war ihr lästiger als Obrists Beharren?). Die Legende, es sei Anna gewesen, die an jenem Nachmittag durch ihren Anruf die Unruhe in seinem Herzen ausgelöst habe, hielt sich vermutlich deshalb so hartnäckig, weil weder Obrists Gäste noch Heid Anna näher gekannt hatten.

Die einzige, die wußte, wer an jenem Nachmittag Obrist tatsächlich angerufen und ihn mit diesem Anruf in solche Verwirrung gestürzt und damit den Grund (oder zumindest den Anlaß) für seine Tat geliefert hatte, Pauline nämlich, schwieg. Das war – davon war sie felsenfest überzeugt – der letzte und edelste Dienst, den sie ihrer Herrin erweisen konnte, die bald auf der Totenbahre liegen würde.

Indem Inspektor Heid einige der Gäste Obrists befragte, brachte er in Erfahrung, daß dieser nach dem Telefongespräch völlig verändert, ja verwirrt gewesen sei. Zwar hatte er sich im Salon gleich wieder an seine altertümliche Orgel gesetzt, um mit seinem Spiel dort fortzufahren, wo er unterbrochen worden war, doch habe er einen entrückten – andere sagten: einen verdüsterten – Eindruck gemacht. Er hatte zunächst einen weiteren Kirchenchoral angestimmt, man hatte andächtig gelauscht, doch hatte die Gäste nacktes Entsetzen gepackt, als er gewissermaßen mit einem Satz aus dem frommen »Jesus meine Zuversicht« herausgesprungen war, um völlig unvermittelt in einen schrillen, mit vielen Arpeggien, Trillern und sonstigen Verzierungen dekorierten Walzer zu fallen, den er, als ein Getriebener, so lange abwandelte, bis er sichtlich erschöpft wieder »auf den rechten Weg der Pietät zurückfand«. Wem unter den Anwesenden bekannt war (und wem war es das nicht?), wie wenig er Kompositionen dieser Art schätzte, konnte zumindest ahnen, was in diesem Augenblick in ihm vorging. Der eine oder andere, der um seine Situation Bescheid wußte, hatte sicher gedacht, jetzt sei er irrsinnig geworden, vielleicht müsse man sogar einschreiten. Nachdem er sich von dem anstößigen Takt losgerissen und zu dem gemessenen und angemessenen Ton des Chorals zurückgefunden hatte, dauerte es noch eine Weile, bis man sich von dem Schrecken erholt hatte, über dessen Ursache sich Obrist selbstverständlich mit keinem Wort äußerte. Das war nicht seine Art. Den Rest des Nachmittags verbrachte man friedlich, und so ging man auseinander, als wäre nichts gewesen.

Erst als Obrists Tat am nächsten Tag bekannt wurde, erinnerte man sich wieder an jenen gesteigerten Mißklang, der in den Ohren derjenigen, die ihn vernommen hatten, nun wieder anschwoll und noch lange nachhallte.

Wie groß der Verlust war, den das Hoftheater durch den jähen Tod der vielseitigen Künstlerin erlitt, veranschaulicht ein kurzer Blick auf den Spielplan vom 1. Juni bis zum 6. Juli. Danach sollte Anna Sutter an 35 Spieltagen insgesamt 18mal auftreten. In fast allen Fällen hatte sie dabei Hauptrollen inne, nämlich 5mal in der »Zigeunerliebe«, je 3mal in der »Fledermaus« und im »Fidelen Bauer«, je 2mal in der »Lustigen Witwe« und in »Mamzell Nitouche«, sowie je einmal im »Walzertraum«, im »Glöckchen des Eremiten« und in der »Zauberflöte«. Allein in den Tagen vom 27. Juni bis zum 6. Juli sollte die Verstorbene nicht weniger als 8mal auftreten, und zwar jedesmal in einer Hauptrolle.

Ich weiß nicht, warum, aber ich hatte nicht damit gerechnet, daß sie nach mir rufen würde, obwohl doch nichts näherlag. Darüber erschrak ich so heftig, daß ich zu zittern begann, gerade so, als hätte ich etwas Unrechtes getan. Erschöpft verstummte Pauline, und zum erstenmal hatte Heid das Gefühl, sie verschweige ihm etwas.

Heid sagte: Fräulein Sutter rief nach Ihnen? Was rief Sie? Pauline sagte: Sie rief Pauline, mehr nicht. Heid sagte: Sie öffneten die Tür? Pauline nickte. Sie sagte: Nachdem ich vorher zur Sicherheit noch einmal angeklopft hatte. Heid fragte: Was sahen Sie? Pauline sagte: Keine Waffe. Heid: Keine Waffe? Wo stand er? Pauline sagte: Zwischen der Tür und dem Bett (ein Anflug von Röte verdunkelte ihre Züge). Ich konnte die Pistole nicht sehen, denn er stand mit dem Rücken zu mir. Das Sutterle stand ihm gegenüber, neben ihrem Bett, ganz aufgeregt, sehr blaß, wie ich sie nie gesehen hatte. Sie griff sich an den Hals. Ich glaube, sie wollte etwas sagen, aber …

Heid: Aber? Pauline: Sie sagte nichts. Sie verstummte, bevor sie etwas sagen konnte. Dann sprang Pauline zu einem anderen Gedanken. Sie sagte: Vielleicht wäre es nicht geschehen, hätte Thildchen nicht unten auf der Straße gespielt. Hätte er sie nicht nach unten geschickt, hätte sie ihn vielleicht davon abgehalten. So ein Kind muß in einem Mann versöhnliche Gefühle wecken. Hat er sie wohl nach unten geschickt, um ihr den Anblick zu ersparen und sich die Sache zu erleichtern, was meinen Sie, Herr Inspektor? Heid sagte: Es sind schon Fälle bekannt geworden, in denen Väter ihre eigenen Kinder getötet haben. Das hat alles gar nichts zu sagen. Pauline sagte: Aber doch nicht er! Heid sagte: Gottes Ratschluß entzieht sich unserer Kenntnis. (Dieser Satz gefiel Pauline und prägte sich ihr ein.)

Was geschah dann? fragte Heid. Pauline sagte: Das Sutterle gab mir durch ein Zeichen zu verstehen, ich solle mich entfernen. Und statt mich zwischen sie und Dr. Obrist zu werfen und ihn auf diese Weise von ihr abzulenken, tat ich, wie sie mir befahl, ich entfernte mich. Es war dumm von mir, aber es ist nicht meine Art, mich den Weisungen meiner Herrschaft zu widersetzen. Heid sagte: Sie konnten ja nicht wissen, was er vorhatte. Nein, sagte Pauline, aber ich hätte um Hilfe rufen können. Heid fragte: Wen denn? Als sie antwortete: Ja, wen denn? und dabei mit den Schultern zuckte, hatte er abermals den Eindruck, sie sage ihm nicht die ganze Wahrheit. Aber was, um Himmels willen, sollte sie ihm denn verheimlichen? Der Fall war völlig klar.

Pauline sagte: Ich habe mich entfernt. Ich dachte mir, die beiden werden ihre Schwierigkeiten irgendwie aus der Welt schaffen. Und dann ging alles ganz schnell. Ohne sich umzudrehen, warf er die Tür hinter mir ins Schloß, dann fielen die Schüsse. Zwei, dann fünf. Sieben Schüsse. Ich habe sie genau gezählt. Wenn ich etwas beschwören könnte, dann die Anzahl der Schüsse. Zwei – eine Pause –, dann fünf. Zwischen dem sechsten und dem siebten noch eine Pause – dann fiel er hin. Ich stand da und zählte sie wie man an Silvester die Schläge der Turmuhr zählt.

Ich zählte, als könnte ein Schuß mehr oder weniger einen glücklicheren Ausgang bringen. Als es vorbei war, als kein Schuß mehr zu erwarten war, konnte ich mich endlich wieder bewegen. Ich riß die Schlafzimmertür auf und sah mein Sutterle – Pauline weinte jetzt – mein Sutterle in ihrem Blut auf dem Bett liegen. Sie war schon tot.

Ruhig, ganz ruhig, sagte Heid. Und was war mit Obrist? Pauline sagte: Obrist lag auf dem Boden. Ich glaube, ich bin über ihn gestiegen, ohne es zu merken. Mit einem angenehmen Gefühl bemerkte Heid die Gänsehaut auf ihren Armen.

Mit einer solchen Menschenmenge hatte wohl niemand gerechnet. Tausende von schwarz gekleideten Menschen, hauptsächlich Frauen, pilgerten am Vormittag des 2. Juli 1910 – einem Samstag – mit der Straßenbahn, mit Droschken oder Autos zum Pragfriedhof, wo Anna Sutter um 11 Uhr zur letzten Ruhe gebettet wurde, nur etwa hundert Meter vom Krematorium entfernt, in dem Obrist eine Stunde zuvor verbrannt worden war (ein Umstand, von dem nur wenige Eingeweihte wußten), dessen Asche übrigens erst ein halbes Jahr später in Weimar beigesetzt wurde.

Die Umgebung des Grabes war abgesperrt, sonst waren alle Wege des Friedhofs von der Menge, die in sichtlicher Ergriffenheit den Trauerzug erwartete, dicht besetzt.

Zur Friedhofskapelle, wo der unter Blumen und Kränzen kaum sichtbare Sarg aufgebahrt war, wurde der Zutritt nur gegen Einlaßkarten gestattet. In der Hauptsache hatten sich hier die Mitglieder des Hoftheaters versammelt, und auch Mathilde, die Schwester der Verstorbenen, war anwesend; später konnte sie ihrer Mutter, die aufgrund einer Augenerkrankung nicht nach Stuttgart hatte reisen können, in allen Einzelheiten von der grandiosen Beerdigung berichten.

Anna ist wie eine Fürstin zu Grabe getragen worden, schrieb die Mutter später an eine Freundin, *70 Polizisten bildeten Spalier u. als der Sarg vorbei getragen wurde, salutierten sie d.h. auf Einen Schlag ziehen sie die Säbel heraus, berühren damit die Stirn u. ebenso schneidig senken sie ihn blitzschnell zur Erde. Fünf Reden wurden gehalten. Als ein Herr sprach von der Heimat Annas, der schönen Schweiz u. ihre Reize pries, da leuchtete die Sonne in strahlendem Glanz auf den blumenverhüllten Sarg herab, dann kam mit Brausen der Föhnwind herangestürmt, schüttelte dreimal, wie zum Gruß, die Lorbeer- und Palmengruppen, die um das Grab aufgestellt waren. Darauf legte sich ein dunkler Schatten auf all den Glanz, vereinzelte Regentropfen fielen wie Tränen nieder u. als die Ceremonie vorüber war, löste sich wie in gewaltigem Schmerz ein Wolkenbruch vom Himmel nieder. So feierte die Natur Anna Sutters Begräbniß. So viel Tränen sind noch nicht geflossen bei einer Beerdigung, wie bei Anna, denn ganz Stuttgart trauerte einmütig.*

Im Sarg soll sie wunderschön ausgesehen haben. Die Züge verklärt von erhabener Ruhe u. tiefem Frieden, die schön gezeichneten Augenbrauen u. Wimpern standen gut zu dem marmorweißen Gesicht, der Mund ein wenig geöffnet. Sie war gehüllt in ein weiß seidenes Damastkleid, das weit über den Sarg herab wallte (bis er geschlossen wurde), die Haare schön frisirt u. mit einem Kranz aus weißen Rosen geschmückt, so lag sie wie eine Braut. Es schien, als wollte sie sagen, wie gut tut es, so zu ruhen.

Fritz Kroll, Weitbrechts Assistent, sah von alledem nicht viel. Trotz seiner Bemühungen, sich dem Sarg zu nähern, war es ihm nicht vergönnt, Anna Sutters Gesicht noch einmal zu sehen; obwohl er sich bereits gegen neun Uhr beim Friedhof eingefunden hatte, war es ihm nicht einmal gelungen, sich eine Einlaßkarte für die Kapelle zu verschaffen, wo sie aufgebahrt war. So stand er – etwas gereizt – mitten unter den schweigenden Trauergästen und fragte sich, ob es denn möglich sei, daß alle diese Menschen die Sängerin je auf der Bühne gesehen hatten.

Nachdem Stadtpfarrer Aigeltinger die Aussegnung vorgenommen hatte und der Sarg geschlossen worden war, setzte sich der Leichenzug in Richtung Krematorium in Bewegung, in dessen unmittelbarer Umgebung sich das Grab befand. Als der Sarg ins Freie getragen wurde, drangen von einem Seitenweg in der Mitte des Friedhofs, wo die Kapelle des Hoftheaters Aufstellung genommen hatte, die Klänge eines Trauermarschs herüber. Hinter dem Sarg ging der Geistliche, ihm folgten die Schwester der Dahingeschiedenen sowie die Ensemblemitglieder der Oper, des Schauspiels und des Balletts; den Schluß bildeten zahlreiche weitere Leidtragende, darunter Annas Zofe Pauline am Arm ihres zukünftigen Ehemannes Franz Heid.

Das Grab war von der Kunst- und Handelsgärtnerei Bofinger mit einer prachtvollen Pflanzendekoration geschmückt worden. Nachdem der Sarg in die Erde versenkt worden war, stimmte der Hoftheatersingchor das Lied »Über den Sternen wohnet Gottes Friede« an; danach hielt Pfarrer Aigeltinger die ergreifende Grabrede, die in Auszügen bald darauf auch veröffentlicht wurde. Es herrschte lautlose Stille.

Es ist eine grauenerregende, unselige Tat, sagte Aigeltinger, die uns in dieser Stunde zusammengerufen hat, eine Tat, die die ganze Stadt in Aufregung versetzt, dem Königlichen Hoftheater eine seiner tüchtigsten Sängerinnen und dem Publikum seinen Liebling geraubt hat, eine Tat, die uns alle mit Entsetzen erfüllt. Was die Verstorbene so oft auf der Bühne gespielt hat, ist mit einem Mal furchtbarer Ernst geworden. Die Katastrophe hat ein helles Licht in die Schatten der Zeit und in den Abgrund des Menschenherzens geworfen, dessen ganze Armseligkeit sich nun enthüllt. Doch als wahre Christen dürfen wir nicht über die Fehler anderer richten. Wer ohne Sünde ist, der werfe den ersten Stein.

Stuttgart, den 4ten Juli 1910

Es wurden viele, viele Kränze niedergelegt: unter anderem einer im Namen des abwesenden Generalintendanten, einer im Namen der Königlichen Hoftheaterintendanz, einer vom Kammersänger Peter Müller für die Kollegen, und dann sprach der Hofschauspieler Dr. Kaser im Namen der Genossenschaft und der Hofschauspieler Richter für die Schauspieler, Generalmusikdirektor Schillings, der eigens aus der Kur in Freudenstadt angereist war, sprach im Namen der Königlichen Hofkapelle, ein Chorsänger legte ebenfalls einen Kranz nieder, und auch das technische Personal bedachte das Sutterle mit einem Gebinde. Am Schluß der großen Feier, bei der viele Anwesende, auch ich, von Rührung überwältigt wurden und laut schluchzen mußten, sang der Singchor des Hoftheaters das furchtbar traurige und so schöne Lied »Friede über dein Grab«. Ich war froh, im Herrn Polizeiinspektor Heid eine Stütze an meiner Seite gefunden zu haben. Und so komme ich denn, liebste Mama, auf einen Punkt zu sprechen, der ein weiterer, ganz anders gearteter Grund meines Schreibens ist. Dieser Franz Heid nämlich hat, einen Tag nach der Beerdigung, nicht ganz unerwartet, um meine Hand angehalten, und da ich ihn sehr liebgewonnen habe, werde ich sie ihm nicht abschlagen. Wann die Hochzeit stattfindet, wissen wir noch nicht, doch wollen wir nicht allzulange warten. Wenn es soweit ist, werde ich es Dich sogleich wissen lassen. So hat sich, bei allem Unglück, das uns hier widerfahren ist, doch zumindest mein Schicksal zum Guten gewendet. Ich werde mich aber dennoch nach einer neuen Herrschaft umsehen, bis es soweit ist.

Es grüßt Dich inniglich
Deine Tochter Pauline

Drei Tage nach der Beerdigung, am 5. Juli 1910, erschien im »Neuen Tagblatt« ein Nachruf des Hofschauspielers Egmont Richter, in dem es heißt:

Es gibt Menschen, leider nur wenige, die Sonnenschein bringen, wohin sie kommen, um sie gleißt es wie ein Schimmerkleid des Lebenslichtes.

Wenn wir uns zur Stunde der Probe vor dem Theater einfanden, manchmal bedrückt von lastender Arbeit, von Verstimmung und Mißmut, dann kam *sie* daher, mit ihrem graziösen, tänzelnden Gange, im feschen Kleidchen, die Partitur unterm Arm. Lustig glänzten die Augen, ein heiterer Frohsinn lag über der ganzen Erscheinung, eine Lebensfreude, eine Arbeitsglückseligkeit. Denn sie kam zu ernster Arbeit wie zu einem Feste. Jeder freute sich, einen Händedruck mit ihr zu wechseln, einen Blick zu erhaschen aus den grauen, glänzenden, lustigen Augen. Über jedes Gesicht zog ein Freudenschimmer, wenn sie in Erscheinung trat; ihre unbesiegliche Lebenslust, ihr köstlicher Humor und nicht zuletzt ihr bestrickender weiblicher Charme stimmten jeden heiter, und die frischfröhliche Lust zur Arbeit, mit der sie an ihre Berufspflichten ging, wirkte ansteckend, entflammend, begeisternd. Ihre köstliche Sprechweise, der der Anklang des Schweizer Dialekts einen so wundervollen Reiz verlieh, durch den sich das charakteristisch schnurrende »R« wie ein roter Faden zog, wirkte so herrlich erfrischend und lieb. Wer hörte sie nicht fragen: Herr Rrichterr, wie klingt heut' meine Stimm'? War ich brrav in dem Akt? Gell, 's Koschtüm isch nix, aufrrichtig und ehrlich?

Zwei Wochen später, am 20. Juli, erschien in derselben Zeitung Anna Bechlers Gedicht:

In Memoriam Anna Sutter

Heiß lockt das Leben und heiß ist mein Blut,
Was soll ich dem stürmenden wehren?
Ich tauche mein Herz in Rosenglut –
Nicht soll ich's entsagend verzehren!
Mein Reich ist schimmernd und farbensatt,
Als Königin herrsch ich drinnen!
Gesang und Liebe, die werden nicht matt,
Vasallen mir zu gewinnen!

Sie jubeln mir zu – mein Auge lacht,
Das Leben will ich umarmen
Und küssen … Und dann hinein in die Nacht,
Mit meinem Herzen, dem warmen.

Ich füll den Pokal und leer ihn mit Lust,
Mich kann das »Heute« nicht reuen –
Vielleicht, daß sie morgen auf kalte Brust
Die letzten Blumen mir streuen.

*In meiner Verzweiflung blieb ich über eine Stunde lang
neben der Leiche sitzen. Dann erinnerte ich mich daran, daß Carmen oft zu mir gesagt hatte, sie würde gerne
in einem Wald begraben sein. Ich grub ihr mit meinem
Messer ein Grab und legte sie dort hinein. Ich suchte
lange nach ihrem Ring und fand ihn schließlich. Ich
legte ihn mitsamt einem kleinen Kreuz zu ihr ins Grab.
Vielleicht tat ich Unrecht.*

*Danach stieg ich auf mein Pferd, ritt bis Córdoba
und gab mich dem ersten Wachtposten zu erkennen. Ich*

sagte, ich hätte Carmen getötet; aber ich weigerte mich zu sagen, wo sich ihr Körper befand.

XI
(Epilog)

Erst kurz vor der Geburt ihres ersten Kindes, ein Jahr nach Anna Sutters Tod, vertraute Pauline ihrem Mann ein gut gehütetes Geheimnis an. Jetzt, da ein neuer Lebensabschnitt vor ihr lag, schien die Zeit reif, sich von einem Ballast zu befreien, der ihr nicht unerträglich, aber doch lästig geworden war. Obwohl Heid niemals Zweifel an Paulines Aussage geäußert hatte, ahnte sie doch, daß er ihre Darstellung von Annas Tod für zumindest unvollständig hielt. Wenige Tage vor ihrer Niederkunft schien der Zeitpunkt für einige Enthüllungen gekommen. Heid würde dafür Sorge tragen, daß keine Details ihrer späten Beichte an die Öffentlichkeit gelangten, dessen war sie sich sicher; es würde nicht notwendig sein, ihn davon zu überzeugen, daß es besser war, zu schweigen; auch er würde unschwer erkennen, daß niemandem damit gedient war, Dinge bekanntzumachen, die zwar ein neues Licht auf den Fall Anna Sutter warfen, jedoch nicht das Geringste am eigentlichen Sachverhalt änderten. Abgesehen davon, daß die Verbreitung bislang unbekannter Einzelheiten Annas ehemalige Zofe ins Unrecht hätten setzen können, wäre dadurch nur neues Leid über jene gekommen, die noch lebten und schon genug unter Anna Sutters Tod gelitten hatten. Nur der, dessen Gesinnung niedrig war, konnte die Betroffenen einer unmittelbaren Schuld an jenem Eifersuchtsdrama bezichtigen, das sie – unbeabsichtigt – gefördert hatten beziehungsweise durch ein nicht sonderlich mutiges Verhalten nicht hatten verhindern können. Nachdem Pauline alles eingestanden und damit das Bild, das Heid stets unfertig erschienen war, vervollständigt hatte, fühlte sie sich erleichtert, während Heid das Gefühl hatte, endlich am Ziel angelangt zu sein.

Nicht Anna Sutter, so erfuhr Heid von seiner mitteilsam gewordenen Frau, sondern deren zehnjährige Tochter Mathilde hatte am Tag vor der Bluttat Obrist angerufen. Pauline hatte das Telefongespräch Thildchens mit Obrist zumindest teilweise belauscht, was nicht schwierig war, weil das Kind, der schlechten Verbindung wegen, sehr laut gesprochen hatte. Da der Apparat in der Diele hing, war es nicht einmal nötig gewesen, die Küchentür zu öffnen. Das Mädchen, um das sich Obrist – solange seine Beziehung zu Anna heil gewesen war – stets sehr liebevoll gekümmert hatte, war ohne Umschweife zur Sache gekommen.

Während Obrists Gäste die Zeit bis zu seiner Rückkehr mit ungezwungenen Gesprächen zu überbrücken versuchten, erfuhr er am Telefon, daß Thildchens Mutter seit geraumer Zeit einen Sänger zum Liebhaber hatte, gegen den die Tochter offenbar eine unüberwindliche Abneigung hegte. Anders als von Obrist, den sie mochte, fühlte sie sich von dem Neuen offenbar geringgeschätzt, ja sie hatte sogar den Eindruck, sagte sie, der Sänger – sein Name war Obrist bekannt – wolle sie von der Mutter entfernen. Sie fürchtete – völlig zu Unrecht, wie Pauline versicherte –, das gleiche Schicksal wie ihr Bruder erleiden zu müssen, nämlich einer fremden Familie anvertraut zu werden. Thildchen bat Obrist darum, sie bald einmal zu besuchen und mit der Mutter darüber zu reden. Sie sagte auch: Es wäre schön, wenn du mein Vater wärst.

Nichts hätte das Ende seiner Beziehung zu Anna unwiderruflicher und zugleich unannehmbarer machen können als die anschaulichen Worte dieses eifersüchtigen Kindes, das nicht wissen konnte, welche Gefühle es mit seinem arglosen Hilferuf auslöste. Thildes Worte, die nur beschrieben, was er längst wußte oder doch vermutete (er kannte Anna ja!), enthielten starkes Gift, das unverzüglich wirkte.

Ob er ihr am Telefon versprach, schon am nächsten Tag bei Anna vorzusprechen, hatte Pauline Thildchens Worten nicht entnehmen können, mit Sicherheit aber hatte er ihr zugesagt, irgendwann einmal vorbeizuschauen. Thildchen, die seit einiger Zeit einen verdrießlichen Eindruck gemacht hatte, wirkte, so Pauline, nach dem Telefongespräch sichtlich erleichtert, um nicht zu sagen fröhlich.

In welchen nervösen Zustand sich Obrist nach diesem Gespräch versetzt sah, kann man sich leicht vorstellen, nachdem er ja um die Mittagszeit bereits Anna Sutters Brief mit der nicht zum ersten Male erfolgten endgültigen Zurückweisung erhalten hatte. Alles schien besiegelter denn je, alles vernichtet, zerstört. Jetzt ging es also nur noch darum, das Kind vor seiner Mutter und diese vor sich selbst und ihn vor ihr zu schützen. So jedenfalls sah es Pauline ein Jahr später.

Nun war beinahe alles erzählt. Doch Heid kannte seine Frau inzwischen gut genug, um zu spüren, daß in ihrem Bericht noch eine nicht unwesentliche Lücke klaffte.

Heid fragte: Wolltest du mir noch etwas erzählen? Pauline sagte nach kurzem Zögern: Morgen vielleicht. Ja, morgen. Gib mir etwas Zeit zu überlegen.

Doch so lange hielt sie es am Ende nicht aus. Noch in derselben Nacht erzählte sie ihm, daß sich an jenem Morgen außer ihr und Obrist noch eine weitere Person in Annas Wohnung aufgehalten hatte, deren neuer Liebhaber nämlich, der sich vor dem aufgebrachten Obrist im Schrank versteckt hatte und also tatenlos mit ansehen oder zumindest mit anhören mußte, wie die Frau, die er nicht weniger liebte als jener, der sich gerade anschickte, sie umzubringen, getötet wurde. Wenn nicht direkt vor seinen Augen, so doch in greifbarster Nähe. Wort für Wort hatte er mit anhören müssen, welcher Dialog ihrem entsetzlichen Ende voranging.

Heid verlor kurz die Fassung, erlangte sie aber bald wieder. Er hatte mit allem möglichen gerechnet, aber nicht mit einem weiteren Zeugen, der – hätte er etwas Mut gezeigt – den Mord vielleicht sogar hätte verhindern können. Er überhäufte seine Frau mit Fragen. Pauline versuchte sie nach bestem Wissen und Gewissen, wie sie sagte, zu beantworten. Folgendes Bild, das durch die darüber hinweggegangene Zeit noch etwas greller geworden war, ergab sich aus vielen Einzelteilen:

Albin Swoboda, der 27jährige Liebhaber Annas, hatte die Nacht in der Schubartstraße verbracht und war, wie es zu Thildchens Leidwesen allmählich zur Gewohnheit wurde, auch noch zum Frühstück geblieben. Die beiden hatten es gemeinsam im Schlafzimmer zu sich genommen. Als sich Obrist unüberhörbar an der Wohnungstür bemerkbar machte, eilte Anna vom Schlafzimmer in den Salon und ging wohl davon aus, daß Swoboda – mit Paulines Unterstützung – das Schlafzimmer über die Diele und über diese die Wohnung unbemerkt verlassen würde, währenddessen sie den wütenden Obrist aufhielt. Vermutlich war sie sogar in dem Glauben gestorben, er habe sich längst aus der Wohnung entfernt, zumal kein Kleidungsstück, kein Accessoire darauf hinwies, daß dem nicht so war. Wie konnte sie wissen, daß er sich tatsächlich noch immer im Schlafzimmer befand, als Obrist sie dort hineinschob, wo sich Swoboda – der auf Pauline bis dahin einen eher beherzten Eindruck gemacht hatte – in seiner Verwirrung in den Schrank geflüchtet hatte, von dem aus er mit angehaltenem Atem, stets fürchtend, in seinem engen Versteck entdeckt und daraus hervorgezerrt zu werden, das Geschehen zumindest akustisch hatte verfolgen können, bis hin zu den Schüssen, die der ganzen Szenerie ein unerwartetes und unvorstellbar grausames Ende bereiteten.

Im selben Augenblick, da Pauline das Zimmer erneut betrat (und dann achtlos über den in seinem Blute liegenden Mörder ihrer Herrin stieg), öffnete sich lautlos die Schranktür, und Swoboda erschien, bleich wie ein Leintuch, ohne Hemd und Kragen (die hielt er in der Hand), so daß sie vor Entsetzen aufschrie, wie auch er beim Anblick der Leichen vor Entsetzen aufschrie. Erst jetzt erkannte er in aller Deutlichkeit, was er vielleicht hätte verhindern können.

Wie immer fand Heid, der seiner schwangeren Frau jede weitere Aufregung ersparen wollte, die richtigen Worte. Er sagte: Der junge Mann war vielleicht nicht mutig, aber wäre er es gewesen, hätte wohl auch er daran glauben müssen. Verstehst du, Pauline? Sie nickte.

Ein, zwei Schüsse weniger auf sich selbst, statt dessen auf den verhaßten Rivalen, und auch dieser wäre tot, mithin drei Leichen im Zimmer verteilt gewesen. Es wären Obrist immer noch genug Kugeln geblieben, sein Werk so zu vollenden, wie er es begonnen hatte, erst Anna, dann sich, und – warum nicht? – dazwischen auch noch die Konkurrenz. Merkwürdig nur, daß er mit der Anwesenheit des neuen Liebhabers nicht gerechnet hatte. Sehr viel Phantasie scheint er nicht gehabt zu haben. Wer weiß, sagte Pauline. So nah wie an diesem Abend war ihr das Sutterle schon seit langem nicht mehr gewesen.

Vom 25. Juli an wurde Anna Sutters Totenmaske ausgestellt. Dies geschah im Kunstsalon Widensohler an der Königstraße 21. Hier erhielten die Verehrer und Verehrerinnen der Künstlerin Gelegenheit, einen Abguß der Maske zu erwerben, was lediglich einen Eintrag in einer ausliegenden Liste erforderte. Ein direkter Verkauf fand aus Gründen der Pietät nicht statt; im übrigen würde sich die Menge der Kopien nach der durchaus beachtlichen Nachfrage richten. Wem die Anschaffung einer Totenmaske zu kostspielig war oder wer sich zu Hause nicht mit dergleichen beklemmenden Erinnerungsstücken umgeben wollte, der nahm entweder mit den einfachen Postkarten oder aber mit jenen Farbfotografien Vorlieb, die bereits in Umlauf waren oder demnächst in den Handel kommen würden und die, alles in allem, einen recht anschaulichen Überblick über die Wandlungsfähigkeit und Anziehungskraft der unvergeßlichen Sängerin gaben. Was sie naturgemäß nicht wiederzugeben vermochten, war jenes Element, ohne das Anna Sutter niemals auch nur die geringste Berühmtheit erlangt hätte: ihre Stimme. Ohne diese war sie – zumal für jene, die sie nie gehört hatten – nicht mehr als eine darstellende Kraft, die bestenfalls durch die fotografisch festgehaltene Veränderung ihres Äußern zu fesseln vermochte. Diesem Mangel sollte erst viel später durch ein Schallplattenkonzert mit kleiner Orchesterbegleitung abgeholfen werden, das im Dezember in der Stuttgarter Liederhalle stattfinden sollte und in dessen Verlauf man der gravierten Stimme Anna Sutters und anderer, in der Mehrzahl noch lebender berühmter Sängerinnen und Sänger würde lauschen können – auch jener des weltberühmten Enrico Caruso.

Auf der Stadt lastete eine durch ein angekündigtes Gewitter noch verstärkte unerträgliche Hitze, unter deren feuchten, hängenden Schwingen sich Fritz Kroll am 27. Juli zu Widensohler begab, um Annas Maske noch einmal zu sehen, jenes unzerstörbare Gesicht, an dessen Entstehung er nicht unwesentlichen Anteil gehabt hatte und das nun – für jedermann zugänglich – immer wieder nachgefertigt werden konnte.

Die Kunsthandlung an der Königstraße hatte gegen zwei Uhr gerade wieder geöffnet und war zu Krolls Überraschung beinahe leer, aber nicht ganz. Vor Annas Maske, die in der Mitte des Hauptraumes auf der mit schwarzem Samt ausgeschlagenen Schräge eines Stehpults lag, stand ein junger Mann, den er – wenn auch nicht persönlich – zu kennen glaubte.

Er hatte, wie er sich dann erinnerte, den Mann, der kaum älter war als Kroll selbst, zum erstenmal bei Anna Sutters Beerdigung gesehen. Und er wußte auch (man hatte es sich zugeraunt, die Botschaft war von Mund zu Mund gegangen), welche Art Beziehung dieser Mann zu Anna Sutter unterhalten hatte. Das war ohne Zweifel Albin Swoboda, der Liebhaber der Sängerin, der zwölf Jahre jünger war als sie. Was auch immer der junge Mann hier suchte, er tat es ohne Scham und ohne Rücksicht auf seine Umgebung. Er war in den Anblick seiner ermordeten Geliebten vertieft, und er streckte sogar die rechte Hand nach ihr aus.

Kroll trat näher und sah, daß er weinte, lautlos und unbefangen, ein von allen Zwängen befreiter Mensch in seiner von fremder Hand geschaffenen Dunkelheit. Kroll tat, was er unter weniger außergewöhnlichen Umständen nicht gewagt hätte; er legte seine rechte Hand auf die Schulter des Fremden, der ihn gewähren ließ. So blickten zwei Fremde stumm in das steinerne Gesicht einer Frau, die sie, ohne es voneinander zu wissen, jeder auf seine Weise zum letzten Mal berührt hatten.

Zwischen ihnen fiel auch weiter kein Wort, ja sie sahen einander kaum an, und vermutlich hätte Swoboda Fritz Kroll, wäre er ihm auf der Straße begegnet, nicht wiedererkannt. Kroll hätte ihm von dem seltsamen Erlebnis in jener Nacht erzählen können – es zu tun, erwog er einen Augenblick –, doch er ahnte, daß ihm im gleichen Augenblick, da er darüber gesprochen hätte, das Geschehene womöglich für immer verlorengegangen wäre. Sein Schweigen erlaubte es ihm, die Frist zu verlängern, nach deren Ablauf das Unvermeidliche wohl geschehen und es auch ihm nicht mehr vergönnt sein würde, die Zweifel an der Glaubwürdigkeit seiner nächtlichen Begegnung mit Anna Sutter, der toten Sängerin, ganz auszuräumen.

Am 6. Dezember desselben Jahres fand vor ausverkauftem Haus das bereits erwähnte Schallplattenkonzert statt. Sämtliche Platten, die Anna Sutter 1908 für die Firma Concert Record Grammophone aufgenommen hatte, wurden gespielt, darunter auch die beiden Aufnahmen von Bizets »Habanera« und Karl Jakob Bischoffs »Mei Meidle hat a G'sichtle«, das auf Verlangen des stürmisch applaudierenden Publikums wiederholt werden mußte.

Hildegard Obrist Jenicke starb 1937 im Alter von achtzig Jahren in großer Armut. Anna Sutters Kinder hatten als Entschädigung für den Verlust ihrer Mutter einen erheblichen Teil von Obrists Vermögen erhalten. Für seine Witwe, an die keinerlei Pension ausgezahlt wurde, war nur wenig übriggeblieben.

Annas Mutter starb 1915 in Zug, ihre Schwester Mathilde 1957 in Heilbronn. Felix Sutter, Annas unehelicher Sohn übersiedelte 1915 nach Brunnen, emigrierte 1916 nach New York, leistete von 1927 bis 1929 Militärdienst in den USA und war danach vornehmlich im Fernen Osten für eine Mineralölfirma tätig. 1956 kehrte er mit seiner zweiten Frau Ina, die er in China kennengelernt hatte, schließlich nach Deutschland zurück, wo er 1961 starb. Thilde von Entress-Sutter, die nur wenig älter als ihre Mutter wurde, der sie übrigens sehr ähnlich sah, versuchte sich ohne großen

Erfolg als Opernsängerin. Am 8. Juli 1937 debütierte die »Tochter einer großen Mutter« in Stuttgart als Carmen. Die Rolle des Leutnants Zuniga sang Albin Swoboda.

Anna Sutter   *Aloys Obrist*

Einige wenige Personen dieser auf Tatsachen beruhenden Novelle sind erfunden oder, anders gesagt, der Wirklichkeit nachgebildet. Daß auch die Handlung um einige spekulative Elemente erweitert wurde, schien mir ebenso zulässig wie die Verwendung von im Text nicht immer gekennzeichnetem Quellenmaterial. A.C.S.

Dem Autor standen folgende Quellen zur Verfügung:
Ernst Benkard. Das ewige Antlitz. Berlin 1926.
Kutsch/Riemers. Großes Sängerlexikon. Bern 1997.
Ludwig Eisenberg. Großes biographisches Lexikon der deutschen Bühne im 19. Jahrhundert. Leipzig 1903.
Paul Trede. Schweizer Bühnenkünstler. In: Jahrbuch Stadttheater Zürich 1923/24.
Schwäbische Kronik, Stuttgart
Neues Tagblatt, Stuttgart.
Neue Musikzeitung, Nr. 31, 1910.
Personalakten Max von Schillings' im Staatsarchiv Ludwigsburg.
Prosper Mérimée. Carmen. Paris 1846. (Übersetzt und gekürzt vom Autor.)
Georg Günther. Es liegt Mord und Selbstmord vor. In: Musik in Baden-Württemberg, Jahrbuch 2000. Stuttgart 2000.

Danksagung:
Ich bedanke mich bei Werner Warth, Stadtarchivar von Wil; Veronika Schäfer, Dramaturgin am Opernhaus Zürich; Herrn Dr. Stein, Staatsarchiv Ludwigsburg; Paul Suter, Autor des »Schweizer Sängerlexikons«; sowie bei Georg Günther, von dessen obenerwähntem Aufsatz ich zu einem Zeitpunkt erfuhr, als die vorliegende Erzählung eigentlich bereits beendet war. Ich habe sie aufgrund der Fülle des von Georg Günther zusammengetragenen, bislang teilweise unbekannten Materials nachträglich noch einmal gründlich überarbeitet und bin ihm auch für seine mündlich gemachten unschätzbaren Hinweise zu Dank verpflichtet.

suhrkamp taschenbücher
Eine Auswahl

Isabel Allende
– Das Geisterhaus. Roman. Übersetzt von Anneliese Botond.
  st 1676. 501 Seiten
– Mayas Tagebuch. Roman. Übersetzt von Svenja Becker.
  st 4444. 444 Seiten

Jurek Becker
– Jakob der Lügner. Roman. st 774. 288 Seiten

Louis Begley
– Lügen in Zeiten des Krieges. Roman. Übersetzt von Christa
  Krüger. st 2546. 223 Seiten
– Ehrensachen. Roman. Übersetzt von Christa Krüger.
  st 3998. 444 Seiten

Thomas Bernhard
– Alte Meister. Komödie. st 1553. 310 Seiten
– Heldenplatz. st 2474. 176 Seiten

Lily Brett
– Chuzpe. Roman. Übersetzt von Melanie Walz. st 3922.
  334 Seiten

Truman Capote
– Die Grasharfe. Roman. Übersetzt von Annemarie Seidel
  und Friedrich Podszus. st 1796. 208 Seiten

Hans Magnus Enzensberger
– Herrn Zetts Betrachtungen, oder Brosamen, die er fallen
  ließ, aufgelesen von seinen Zuhörern. st 4553. 226 Seiten

Philippe Grimbert
– Ein Geheimnis. Roman. Übersetzt von Holger Fock und
  Sabine Müller. st 3920. 154 Seiten

Peter Handke
– Immer noch Sturm. st 4323. 165 Seiten
– Die morawische Nacht. Erzählung. st 4108. 560 Seiten
– Wunschloses Unglück. Erzählung. st 3287. 96 Seiten

Hermann Hesse
– Der Steppenwolf. Roman. st 175. 288 Seiten
– Siddhartha. Eine indische Dichtung. st 182. 128 Seiten
– Narziß und Goldmund. Erzählung. st 274. 320 Seiten

Daniel Kehlmann
– Ich und Kaminski. Roman. st 3653. 174 Seiten

Sibylle Lewitscharoff
– Apostoloff. Roman. st 4180. 248 Seiten
– Blumenberg. Roman. st 4399. 220 Seiten

Andreas Maier
– Das Haus. Roman. st 4416. 165 Seiten

Patrick Modiano
– Eine Jugend. Roman. Übersetzt von Peter Handke. st 4615.
  187 Seiten

Cees Nooteboom
– Briefe an Poseidon. Übersetzt von Helga van Beuningen.
  st 4494. 224 Seiten

Amos Oz
– Eine Geschichte von Liebe und Finsternis. Roman.
  Übersetzt von Ruth Achlama. st 3788 und st 3968. 828 Seiten

Ralf Rothmann
– Milch und Kohle. Roman. st 3309. 210 Seiten

Judith Schalansky
– Der Hals der Giraffe. Bildungsroman. st 4388. 222 Seiten

Andrzej Stasiuk
– Kurzes Buch über das Sterben. Geschichten. Übersetzt von
  Renate Schmidgall. Gebundene Ausgabe. st 4421. 112 Seiten

Uwe Tellkamp
– Der Turm. Geschichte aus einem versunkenen Land.
  Roman. st 4160. 976 Seiten

Tuvia Tenenbom
– Allein unter Juden. Eine Entdeckungsreise durch Israel.
  Übersetzt von Michael Adrian. st 4530. 473 Seiten

Mario Vargas Llosa
– Das böse Mädchen. Roman. Übersetzt von Elke Wehr.
  st 3932. 395 Seiten
– Ein diskreter Held. Roman. Übersetzt von Thomas Brovot.
  st 4545. 380 Seiten

Martin Walser
– Ein fliehendes Pferd. Novelle. st 600. 160 Seiten

Don Winslow
– Manhattan. Roman. Übersetzt von Hans-Joachim Maass.
  st 4440. 404 Seiten
– Kings of Cool. Roman. Übersetzt von Conny Lösch.
  st 4488. 349 Seiten
– Tage der Toten. Roman. Übersetzt von Chris Hirte.
  st 4340. 689 Seiten

Bibliothek der Lebenskunst

Die Bibliothek der Lebenskunst greift die alte Frage nach der »richtigen« Gestaltung des Lebens auf. Sie versteht sich als eine Sammlung von Reisebegleitern durch unsere Lebenswelten. Die Bibliothek bewegt sich zwischen Literatur und Wissenschaft, lädt ein zum Denken, macht Lust zum Philosophieren – und auf die Kunst zu leben.

Eine Auswahl

Iso Camartin
Belvedere. Das schöne Fernsehen
150 Seiten. Gebunden

Schönes Fernsehen, gibt es das? Dient die Unterhaltung nicht zunehmend der Geistaustreibung? Muß Kultur allem Gefälligen weichen? Mit viel Scharfsicht und Phantasie entfaltet Iso Camartin, der während seiner Zeit beim Schweizer Fernsehen DRS Einblick in den Fernsehbetrieb gewonnen hat, die Idee einer intelligenten Form von Kulturvermittlung: Statt nur auf die Quoten zu blicken, sollten Geschichten erzählt werden, Geschichten aus Literatur, Philosophie und Musik, die dem Zuschauer auch nach dem Abschalten in Erinnerung bleiben. So könne das Fernsehen »lohnend wie eine Dante-Lektüre« werden, geistreich und – schön.

Hans-Martin Gauger
Vom Lesen und Wundern
Das Markus-Evangelium
136 Seiten. Gebunden

Warum gerade Markus? Seine Schrift ist die älteste; was die Schriften über Jesus angeht, hat mit Markus alles begonnen.
Das Buch versucht, sich fragend in einen fernen Text hineinzudenken. Es will, mit seinem Leser, den »Markus« lesen, das Evangelium nach Markus.
Je näher der Sprachwissenschaftler Hans-Martin Gauger mit seinen Fragen dem Text zu Leibe rückt, um so mehr wird Markus zu einem Reisebegleiter in eine biblische Landschaft, und was Gauger darin entdeckt, stellt Denken und Glauben auf die Probe.

Hans Ulrich Gumbrecht
Lob des Sports
Aus dem Amerikanischen von Georg Deggerich
176 Seiten. Gebunden

Worin besteht die Faszination des Sports? Ist es die extreme körperliche Leistung, der spannende Wettbewerb oder gar die Sehnsucht nach Schönheit und Vollendung, die uns zu Bewunderern von Sportlern wie Jesse Owens und Pelé macht? Hans Ulrich Gumbrecht untersucht ein markantes Phänomen unserer Tage und beschreibt Augenblicke eigener Faszination. Er läßt den Leser teilhaben am ästhetischen Erleben sportlicher Höhepunkte und gibt – mit erzählerischer und philosophischer »Anmut« – dem Geist dort Raum, wo er in der Regel ausgegrenzt zu sein scheint: auf dem Gebiet des Körperlichen. Hier wie dort gilt: citius, altius, fortius!

Durs Grünbein
An Seneca. Postskriptum
Seneca. Die Kürze des Lebens
Aus dem Lateinischen von Gerhard Fink
88 Seiten. Gebunden

»Durs Grünbein stürzt Seneca vom Sockel, aber in dem
Zwielicht, das ›Brandfleck Nero‹ wirft, zeigt sich eine
moderne Gestalt, zerrissen zwischen Macht und Moral,
mit einem tief gespaltenen Ich. Neu bedenkenswert, keine
Zeitverschwendung.« *Frankfurter Rundschau*
»Der poetischen Zwiesprache unter Dichtern zweier
Spätzeiten ist ein schönes Stück Grünbein'scher Prosa
zugesellt.« *Neue Zürcher Zeitung*

Jochen Hörisch
Es gibt (k)ein richtiges Leben im falschen
104 Seiten. Gebunden

Aus welcher Perspektive ist ein Leben falsch oder richtig?
– Dieser vielzitierte Satz Adornos darf in einer Bibliothek, die die Frage nach dem guten, vielleicht richtigen
Leben stellt, nicht ununtersucht bleiben. »Darüber, was
die richtigen Bars, die richtigen Klamotten und die rich-
tige Musik sei, gibt es nicht enden wollende Debatten.
Fragen nach dem ›schöner Leben‹ ersetzen die ethischen
und religiösen Fragen.« Diesen Fehler im Webmuster des
Lebens, des Denkens aufzuspüren, macht Jochen Hörisch
sich auf.

Alexander Kluge
Die Kunst, Unterschiede zu machen
112 Seiten. Gebunden

»Behauptet einer, er könne mit Fakten umgehen, ohne sich etwas dazuzudenken, ohne zu fälschen, dem glaube ich nicht. Aber aus einem, der lügt, aus dessen Lügen kann ich immer noch ein Stück Fakt herausentwickeln.«
Alexander Kluge hält ein Plädoyer für die massenhafte Produktion von Unterscheidungsvermögen. Gleichzeitig erklärt Kluge seinen Argwohn gegenüber der Übermacht des Faktischen. Durch die Enttarnung von Gefühlen und Empfindungen als zerstörerische Geheimagenten verwandelt er Fakten in Erzählungen. So wird aus der Kunst, Unterschiede zu machen, die Kunst des Erzählens.

Detlef B. Linke
Hölderlin als Hirnforscher
176 Seiten. Gebunden

»Mit der Äußerung, daß ich Hölderlin für einen Hirnforscher halte, meine ich es sehr ernst. Mit seiner Rhythmustheorie formuliert Hölderlin eine Theorie der kognitiv-emotionalen Leistungen, der menschlichen Geistestätigkeit insgesamt, die Anschluß an die gegenwärtige Hirnforschung gewinnen kann, dabei aber in ihrer Komplexität und Integrationskraft darüber hinausgeht.«
Der Hirnforscher, Arzt und Philosoph Detlef B. Linke reflektiert über Neuropsychologie und Lebenskunst und entwirft mit Hölderlin ein Konzept menschlichen Denkvermögens, das der Freiheit, dem Respekt vor dem anderen und der Liebe verpflichtet ist.

Adolf Muschg
Von einem, der auszog, leben zu lernen
Goethes Reisen in die Schweiz
88 Seiten. Gebunden

»Man reise in die Schweiz, um Bilder zu finden, die der eigenen Seele glichen, aber noch mehr, um Zuflucht zu suchen vor der Hauptfrage, die einen flüchtig gemacht hatte: Wer bin ich? Moderner gesprochen: Was ist ›Ich‹?« Als analytischer und einfühlsamer Reisebegleiter Goethes vermittelt Adolf Muschg etwas vom Handwerk des Lebens und nicht nur von Goethes Lebenskunst.
»Über beide, die Schweiz und Goethe, erfährt man aus Muschgs gescheitem Buch Erhebliches … ein lichtvoller und klarer Essay.« *Andreas Dorschel, Süddeutsche Zeitung*

Hannelore Schlaffer
Das Alter
Ein Traum von Jugend
112 Seiten. Gebunden

»Eigentlich gibt es kein Alter, denn wer alt und glücklich ist, kann sich für jung halten.« Von der Antike bis zu den »Uhus« (den »Unterhundertjährigen«) unserer Zeit sucht Hannelore Schlaffer viele Figuren und Orte des Alterns und Alters auf. Sie entdeckt in den herrschenden Leitbildern unserer Gesellschaft eine ganze Kultur, die mit der Abwehr von Krankheit und Tod beschäftigt ist. Nur eins hat sich wahrscheinlich seit der Antike nicht geändert: »Die Art, wie Männer sich das Alter ausmalten und wie Frauen es erlebten und erleben, hat wenig miteinander zu tun.«

Wilhelm Schmid
Mit sich selbst befreundet sein
436 Seiten. Gebunden

»Mit sich selbst befreundet sein«, davon sprach schon
Aristoteles. In der antiken Philosophie galt das Erlernen
des Umgangs mit sich selbst als Voraussetzung für den
Umgang mit anderen. In dem Maße, in dem ein Selbst die
Beziehung zu sich gestaltet, wird es fähig zur freien Gestaltung der Beziehung zu anderen, und darum geht es bei
der Arbeit an sich selbst in diesem »Handbuch der Lebenskunst«.